GWYNETH CAREY

MWG

CYSTADLEUAETH GWOBR GOFFA DANIEL OWEN

Eisteddfod Genedlaethol Frenhinol Cymru, 1997

Argraffiad cyntaf—1997

ISBN 1 85902 521 8

(h) Llys yr Eisteddfod

Dymuna'r cyhoeddwyr gydnabod cymorth
Adrannau Cyngor Llyfrau Cymru.

Argraffwyd gan
Wasg Gomer, Llandysul, Ceredigion

I

'Rŵan 'te, Dylan, darllen dy lyfr wyt ti i fod yn gneud, nid mwydro am y gêm fory. Mi fydda i'n rhoi'r manylion i gyd i chi'r tîm ar ddiwedd y wers 'ma. Dw i'n addo, reit?'

Roedd John Williams yn medru trin plant. Ni châi unrhyw drafferth i ffrwyno sylw'i ddosbarth chwe awr y dydd, bum diwrnod yr wythnos. Efallai'n wir mai plant naw a deg oed fyddai'n debygol o ymateb orau i athro fel fo, a bod arno beth diolch am ei lwyddiant i'w ymddangosiad. Petai'n dal i fod yr un mor olygus â phan oedd yn y coleg, fuasai'r plant wedi'i weld yn ddeniadol, ac wedi cael achos i'w herian a bod yn hy arno o'r herwydd. Ond erbyn hyn, ac yntau yn ei dridegau cynnar, roedd ei wedd olygus yn dechrau pylu. I'r plant, roedd yn ddyn canol-oed, sobor, sgwâr hyd yn oed. Ei agosatrwydd oedd yn gwneud ei wersi'n bleserus; ac wrth gwrs roedd y ffaith ei fod yn gyfrifol am y tîm pêl-droed ynddo'i hun yn ennyn eu parch.

Eto, roedd yn ddyn dymunol, glân yr olwg, a'i wallt brown yn cyrlio i'w war ddwy fodfedd glir uwchben ei goler. Wyddai'r plant ddim ei fod yn gwisgo lensiau. Byddai rhyw gysgod o wên yn hofran o'i gwmpas y rhan fwyaf o'r amser, ac roedd angen craffu'n fanwl i weld a oedd yn cellwair ai peidio.

Wrth gwrs, am ei bod yn bnawn dydd Gwener, roedd gwên yn hofran o gwmpas y dosbarth cyfan. Doedd dim gwaith ffurfiol yn cael ei wneud. Cawsai'r plant ryddid i fynd i lyfrgell yr ysgol i ddewis llyfr bob un, ac roedd ganddynt hanner awr i eistedd a darllen beth bynnag a fynnent. Roedd amryw o'r hogiau wedi cael rhywbeth at eu dant mewn set newydd o lyfrau am y Gorllewin Gwyllt, ond dal yn anesmwyth yr oedd Dylan, a'i stwyrian yn aflonyddu'r lleill.

'Gei di fynd i newid dy lyfr os wyt ti isio. Dwyt ti ddim fel taset ti'n cael lot o flas ar hwnne s'gin ti. Tyd yn d'ôl yn syth bìn rhag ofn i ti golli rhwbeth.'

Wedi i Dylan fynd allan, bu tawelwch—i raddau. Daeth John i frith glywed synau cyfarwydd y dosbarth, ambell besychiad o'r gornel chwith yn y cefn, ambell dudalen yn crafu troi. Rhyfedd fel y byddai rhai plant yn ystumio'u cyrff yr un fath o hyd. Megan, er enghraifft, yn nythu'i llaw chwith am ei phenelin dde, a'i llaw dde yn cwpanu'i gên. Felly y byddai hi'n darllen bob amser. Twm wedyn yn pwyso'n ôl yn ei gadair a'i draed ar styllen dan y bwrdd, ac yn dal ei lyfr yn unionsyth rhwng ei ddwy law. Ond gan adael gofal y dosbarth yn ei hanner ymwybod, trodd John ei feddwl at waith yr wythnos ganlynol, er mwyn cael hynny o'r ffordd cyn bwrw'r Sul. Roedd pob dosbarth i gael gwers ar y cynhaeaf fore Llun, ond roedd y posteri ar y wal yn barod. Dim ond cofio mynd heibio Popty Helygain i gael benthyg y dorth blastig blethedig.

Daeth pen Dylan i'r golwg drwy baen gwydr hanner ucha'r drws hen ffasiwn. Y tu ôl iddo ymddangosodd pen ac ysgwyddau uwch a mwy sylweddol. Rhoddodd Dylan gnoc barchus ar y drws cyn dod i mewn wrth gwt y prifathro. Roedd Heddwyn Parry yn ddigamsyniol ganol-oed. Buasai yntau'n olygus iawn mewn ffordd annwyl, fachgennaidd, efo'i wyneb crwn a'i fop o wallt du, cyrliog; ond erbyn hyn roedd yn stwcyn o ddyn, ei

6

ên yn magu tagell a'i wallt yn britho. Eto roedd golwg radlon, hoffus arno. Byddai'n herian y plant yn amlach na pheidio.

'Cuddio'n y llyfrgell oedd hwn, Mr Williams. Dyma fi wedi'i ddal o a dŵad â fo yn 'i ôl i chi.' Rhoddodd bwt bach i Dylan a bachodd hwnnw hi am ei sêt cyn gynted ag y gallai.

Gwneud ei sgawt wythnosol drwy'r dosbarthiadau yr oedd Heddwyn Parry, ac wedi gadael dosbarth John Williams tan yr ola er mwyn cael trafod y gêm bêl-droed drannoeth.

'Sut mae'r rhein yn setlo gen ti, 'te? Yndyn, maen nhw'n griw reit dda. Chei di ddim trafferth. 'Sgin ti dîm go lew ar gyfer y gêm fory? O, da iawn. Mae'n arw gen i na fedra i ddim dŵad i'ch gweld chi'n chwarae. Mae gen i ysgol undydd. Hwyl fawr i chi, beth bynnag. O ia, gyda llaw, diolch yn fawr i ti am fynd â'r Babanod ar y trip i'r Felin y diwrnod o'r blaen. Fasen nhw ddim 'di gallu mynd oni bai dy fod ti'n dreifio'r minibỳs.'

Er i Dylan ac un neu ddau o'i ffrindiau wneud ymdrech i glywed y sgwrs ac i ddehongli'r ystumiau, doedden nhw fawr callach. Daethant i'r casgliad nad oedd dim byd o bwys ar y gweill; ac yn wir, doedd Parry bach ddim yn edrych fel petai o am ymdroi. Wedi iddo fynd, bu tipyn o stwyrian a rhygnu cadeiriau cyn i dawelwch setlo eto fel niwl ar fynydd. Gwyddai pawb na fyddai Willie Reff yn colli dim byd fyddai'n digwydd. Doedden nhw ddim i wybod ei fod yn gorffen trefnu'r wythnos ganlynol yn daclus yn ei ben, ac wedyn yn ei foddio'i hun wrth edrych ymlaen at fwrw'r Sul.

Ddeng munud union cyn diwedd y wers, dechreuodd ddirwyn pethau i ben.

'Rŵan 'te. Cyn i chi fynd â'ch llyfre'n ôl i'r llyfrgell—a'u rhoi nhw'n daclus ar y silff, cofiwch—dyma'r trefniade ar gyfer fory. Y tîm i fod wrth giât yr ysgol erbyn chwarter wedi un . . .'

Wrth iddo siarad, sylwodd ar ben o wallt golau yn hofran y tu draw i hanner gwydr y drws. Synhwyrodd mai Gwenan, yr ysgrifenyddes, oedd yno, yn disgwyl iddo ryddhau'r plant cyn dod i mewn efo rhyw neges neu'i gilydd. Aeth i'w chyfarfod yn y drws, a sefyll efo hi yn y coridor tra oedd y plant yn llifo heibio iddynt.

'Mr Parry am ych gweld chi, plîs, os basech chi'n dŵad i'r swyddfa cyn gynted ag y bydd y plant 'di mynd.'

Byddai John Williams yn cofio'r foment honno.

II

Eistedd y tu ôl i'w ddesg yr oedd Heddwyn, a golwg syn arno. Safodd John yn y drws, yn ceisio dyfalu beth allai gyfri am yr alwad sydyn, ac am y newid yn yr awyrgylch. Prin ugain munud oedd wedi mynd heibio er y sgwrs yn y dosbarth, ond yn ddi-os doedd pethau ddim yr un fath.

Yna gwelodd fod yna rywun arall yn y stafell. Yn sefyll wrth y wal, mor llonydd â'r pot rhedyn ar y silff yn ei ymyl, roedd Harry Lewis o'r NSPCC.

'Tyd i mewn, John.' Roedd Heddwyn i'w glywed yn ochelgar, heb ei sbri arferol. 'Fase'n well i chi'ch dau iste, dw i'n meddwl.'

Hogyn tawel, llwyd oedd Harry. Tawel am na fyddai

byth yn codi ei lais, a llwyd am ei fod bron bob amser mewn crys a siwmper lwyd, a jîns a fu unwaith yn las ond a oedd bellach wedi colli bron y cyfan o'u lliw. Llwydaidd oedd ei iaith hefyd, am ei fod bob amser mor ofalus i osgoi geiriau cynhyrfus. Roedd ei waith yn ddigon cynhyrfiol ynddo'i hun, heb iddo siarad yn ymfflamychol.

Roedd John ac yntau'n lled-adnabod ei gilydd, ond heb erioed dorri gair personol. Nodiodd yn gyfeillgar, wrth eistedd yn ymyl y silffoedd llyfrau ar hyd y wal bellaf. Eisteddodd John wrth dalcen y ddesg. Cafodd deimlad rhyfedd fod Heddwyn ac yntau ar lwyfan, a Harry'n eu gwylio o'r awditoriwm.

Am funud, ni ddywedodd neb air. Cododd Heddwyn feiro, a'i rhoi'n ôl ar y ddesg. Edrychodd Harry arno efo'r cwrteisi dyledus. Dechreuodd Heddwyn lefaru'n floesg, a rhoddodd ail gynnig arni.

'John,' meddai, 'mae 'na rwbeth go letwith wedi digwydd. Mae Harry 'di dŵad yma i ddeud wrthon ni . . . wel, fase'n well i chi ddeud wrth John ych hun, Harry, os gnewch chi.'

Wrth i bob gair ddisgyn yn drwm ac yn dywyll, teimlai John yr arswyd, ond y peth olaf a ddisgwyliai oedd yr hyn a glywodd. Afreal oedd osgo cwrtais Harry a'i iaith ofalus wrth ddweud:

'Dw i'n dallt ych bod chi 'di mynd â grŵp o'r Babanod ar drip yn y minibŷs ddydd Mawrth dwetha? Do?' Saib. 'Wel, mae un o'r gnethod wedi deud wrth ei mam ych bod chi wedi'i cham-drin hi'n rhywiol yn ystod y pnawn hwnnw.'

Yn lle teimlo rhyw arswyd annelwig yn y stafell, dechreuodd John ei deimlo fel cyllell yn ei stumog ei hun. Teimlodd ei wyneb yn oeri wrth welwi. Daeth ei lais yntau allan yn floesg.

'Be? *Fi?* 'Sdim posib!' Rhythodd ar Harry, ond roedd wyneb hwnnw'n llyfn fel tarian. Rhythodd ar Heddwyn, a gweld dim ond poen a gofid yno. Peth gwirion fuasai gofyn ai jôc oedd y peth.

'Wel, nonsens!'

'Mi ydech chi'n dallt fod rhaid i ni gynnal ymchwiliad.' Nid cwestiwn oedd y frawddeg. Daeth Heddwyn i'r adwy.

'Gawn ni gymryd pethe'n ara deg, Harry? Mae hyn yn gymint o sioc. Dw *i*'n methu'i gymryd o i fewn, heb sôn am John.'

'Wrth gwrs.' Ni ddywedodd Harry yr un gair am hanner munud, ond doedd y distawrwydd ddim haws i'w ddioddef na'r geiriau. Roedd John fel pe bai ar fin dweud rhywbeth droeon, ond heb lwyddo i wneud mwy na sŵn carthu gwddw. Daeth Heddwyn i'r adwy eto.

'W'st ti, John, mae'n rhaid i ni dderbyn ymchwiliad. Wyt ti'n gwbod y canllawie.' Croesodd yr ystafell, estyn y tu ôl i ben Harry at lyfr trwchus ar y silff, a'i daro ar y ddesg. *Canllawiau ar gyfer Amddiffyn Plant.*

Gwelodd Harry ei gyfle i liniaru'r sgwrs.

'Mae'n dda gen i ych bod chi'n cadw copi wrth law. Dydi pob ysgol ddim mor gydwybodol.'

'H'm.' Doedd gan Heddwyn ddim amynedd i fân siarad, ond cawsai John gyfle i gael hyd i eiriau.

'Be'n union ydi'r cyhuddiad?'

Siaradodd Harry'n ymddiheurol, ond yn ddi-droi'n-ôl.

'Mae'n wir ddrwg gen i, ond fedra i ddim deud chwaneg ar hyn o bryd. Dw i ddim 'di cael cyfle i gael y stori'n llawn eto. Fel ro'n i'n deud, mi fydd raid cael ymchwiliad llawn, ac mae'n bwysig iawn 'yn bod ni'n cadw'r tystion i gyd yn ddiduedd. Mae hynny'n hanfodol. Dw i'n siŵr ych bod chi'n cyd-weld.'

Doedd John ddim yn clywed y rhesymeg. Roedd yn rhy brysur yn teimlo braw y geiriau. Ymchwiliad. Tystion. Ond roedd un cwestiwn yn ei brocio.

'Pwy sy 'di deud y clwydde 'ma?'

'Charmaine Woods sy 'di gallu rhannu'i phrofiad hefo'i mam.'

''I phrofiad, myn diân i! Dychymyg, debycach. 'Dech chi ddim mor dwp . . .'

'Rŵan, John. Pwyll pia hi.' Llwyddodd Heddwyn i ostwng mymryn ar y fflamau. 'Fel dw i 'di deud, mae'n rhaid i ni ddilyn y Canllawie. Dw i'n siŵr y down ni drwyddi yn y diwedd. Rŵan te, Harry, fedrwch chi ddeud wrthon ni be ydi'r cam nesa?'

'Wel, wrth gwrs, mi wneiff yr NSPCC bob peth sy 'i angen. Ac mi hoffwn i ddeud yn syth bìn 'yn bod ni am helpu pawb yn yr achos. 'Den ni'n gobeithio'n arw y gallwn ni i gyd weithio hefo'n gilydd. Mi fyddwn ni'n gefn i chi, John, dim ond i chi gydweithio hefo ni. Wrth gwrs, mae'n rhaid i ni gofio bob amser mai lles y plant sy'n bwysig. Ond mae 'na un peth i'w neud ar frys. Dene pam, wir, dw i 'di dŵad yma ar dipyn o hast y pnawn 'ma. Er mwyn cadw'r ymchwiliad yn ddiduedd, mi fyddwch chi'n dallt fod rhaid i John gadw draw o'r ysgol am y tro.'

Oedodd Heddwyn cyn ateb.

'Yden ni'n siŵr bod angen hynny? W'rach y byddwch chi 'di setlo pob peth erbyn dydd Llun. Mae'n rhaid mai rhyw gamgymeriad—od—ydi o. 'Sdim isio creu helynt, rioed, heb fod yn siŵr bod rhaid?'

11

'Wel, dw i ddim yn meddwl y gallwch chi alw Amddiffyn Plant yn greu helynt diangen.' Lledodd Heddwyn ei ddwylo i gydnabod y cerydd. Aeth Harry ymlaen yn dyner. ''Dech chi 'di deud—a diolch i chi am fod mor barod i ddeud hynny ar amser anodd—'di deud ych bod chi'n barod i ddilyn y Canllawie. Yn anffodus, mae hi'n bnawn dydd Gwener arnon ni, a fydd dim posib—y—trefnu dim byd tan ddydd Llun.'

'Cynhadledd', wrth gwrs, oedd ystyr y mwyseiriau 'dim byd'. Roedd Heddwyn yn gyfarwydd â'r gwaith o drafod achosion mewn cynadleddau. Byddai'r gynhadledd hon yn wahanol. Byddai'n mynd at y bôn. Yn ffodus i John, doedd o yn ei ddryswch ddim wedi deall yr awgrym.

'Os dw i 'di dallt yn iawn, bod y broblem yn codi o drip y Babanod ddydd Mawrth, mae'n deg i ddeud na 'sgin hyn ddim i'w neud hefo'r dosbarth mae John yn 'i ddysgu. Blwyddyn Pump sy gynno fo, wyddoch.'

'Mi neith hynny bethe'n haws ar ryw olwg, ond mae arna i ofn 'i bod hi'n hanfodol bod John yn torri pob cysylltiad â'r ysgol nes bydd pethe'n glir.'

'Ond . . . ond . . . mae o'n mynd â'r tîm pêl-droed i'w gêm fory. Fedrwn ni ddim . . .'

'Mae'n ddrwg gen i.'

Aeth y distawrwydd yn annioddefol. Harry oedd y llonyddaf o'r tri. Cododd Heddwyn o'i gadair a sefyll wrth y ffenest. Daeth yn ei ôl, codi'r llyfr a'i roi i lawr heb ei agor. Eisteddodd. Symud ei ddwylo a wnâi John, troi ei fodrwy briodas â'i fysedd, wedyn rhoi'i law yn ei boced. Roedd yn syllu ar Harry, ond yn methu dal ati, ac yn troi at Heddwyn bob yn ail. Nododd Harry bob symudiad.

O'r diwedd, siaradodd Heddwyn.

'Well i ti fynd adre, dw i'n meddwl, John. Cofia y bydda i'n gefn i ti, a'r ysgol i gyd, dw i'n siŵr.' Gan anwybyddu osgo rybuddiol Harry, mentrodd ychwanegu, 'Mi gawn ni air eto'.

III

Aeth John adref y diwrnod hwnnw heb wybod sut. Synnodd ei weld ei hun yn troi ei gar i mewn i'r fynedfa, ac yn parcio wrth ochr y tŷ. Dychrynodd wrth feddwl ei fod wedi gyrru yr holl ffordd o'r ysgol heb fod ganddo yr un cof am fod wedi gwneud hynny. Cafodd fraw arall. Beth petai wedi taro rhywun i lawr ar y ffordd, neu fynd trwy olau coch, neu droi i'r ffordd fawr heb edrych? Wedi hunllef y pnawn, doedd wybod beth allai ddigwydd nesa. Chwysodd. Rhoddodd ei ben ar ei ddwylo ar yr olwyn i ddod ato'i hun. Gwyddai y byddai Beryl a'r plant wedi clywed y car yn cyrraedd, ac yn ei ddisgwyl yn llawn asbri nos Wener. Sut oedd o'n mynd i ddweud wrthyn nhw beth oedd wedi digwydd? Ar y llaw arall, sut y gallai gymryd arno fod popeth yn iawn? Wyddai o ddim sut olwg oedd arno, ond fe wyddai na allai wneud dim siâp o sgwrs â neb. Penderfynodd geisio peidio â rhoi ar ddeall i'r plant fod dim byd o'i le nes cael cyfle i siarad efo Beryl. Tynnodd grib drwy ei wallt, ac aeth drwy'r drws cefn i'r gegin.

Roedd Beryl wrth yr hob yn ffrio tafelli o bysgod a sglodion. Roedd hi wedi hen arfer â'r gwaith o wneud pryd o fwyd sydyn fin nos, er mwyn i'r teulu i gyd gael bwyta efo'i gilydd, a chael clirio cyn i'r plant fynd i'w gwelyau. Wedyn fe gâi hi a John ryw fath o fin nos efo'i gilydd, oni bai bod y naill ysgol neu'r llall yn galw amdanynt. Athrawes oedd hithau hefyd, ond mewn ysgol gyfun yn Llanfadog, ugain milltir i ffwrdd.

Nid tlysni seren sgrin oedd tlysni Beryl, ond yr oedd hi'n gallu bod yn hynod o brydferth, yn enwedig pan fyddai'i llygaid tywyll yn pefrio. Cadwai ei gwallt gwinau'n syth ac yn fyr, a rhoi sbonc iddo o bryd i'w gilydd. Roedd 'esgyrn da' yn nodwedd ar y teulu, a byddai Beryl yn cadw'i harddwch fel yr oedd ei mam yn ei wneud. Roedd golwg ddibynadwy arni, a dyna'n union oedd y gair a roddid i'r teulu. Efallai bod ymlyniad ei thad wrth gyfraith a threfn—wedi'r cwbl roedd o'n ynad heddwch—yn creu argraff o wynebgaledwch, ond roedd Beryl hefyd wedi sugno tynerwch a goddefgarwch ei mam. Am fod ei safonau mor uchel, byddai John yn methu credu'i lwc o'i chael yn wraig. Buasai sylwebydd priodasau, fodd bynnag, wedi sylwi fod John yn fwy gofalus i wneud pethau yn ôl dymuniad a safonau Beryl nag oedd hi i ildio i'w farn o ynghylch sut roedd pethau i fod.

Roedd golau bach neon uwchben yr hob goginio'n taflu gwawl gynnes ar goed derw unedau'r gegin, er bod golau dydd hefyd yn llifo drwy'r ffenestr lydan ac yn gloywi ymylon coch y dail mawr onglog ar y *begonia rex* ar y ffenest. Buddsoddiad eithaf diweddar oedd y gegin, ac roedd newydd-deb y byrddau claerwyn yn taflu sglein o'u cwmpas. Cysuron bychain bywyd oedd y tecell gosgeiddig, y rhesel yn dal poteli sbeis, y faril fisgedi ar y silff uchaf, y cardiau post a'r taflenni ar y bwrdd corcyn ar y wal. Petheuach cartref oeddynt, a

Beryl yn eu canol yn batrwm o normalrwydd gwâr. Daeth John i mewn i'r cynhesrwydd cyfoethog, a chael sioc o sylweddoli'i fod wedi dod â'i boen efo fo fel corwynt oer. Teimlodd rywsut nad oedd ganddo ddim hawl i'r holl gysur yma. Sut y gallai sefyll ar ben ei domen, ac yntau mewn gwarth? Ar yr un pryd cafodd frathiad o feddwl ei fod o ar fin chwalu tawelwch Beryl hefyd. A'i enaid yn crefu am iddi ei gysuro, roedd ganddo ofn ei phoen hithau.

Trodd Beryl ato, ag un llaw yn trochi'r lleden mewn wy a'r llall yn ymestyn at y briwsion bara. Rhewodd ei gwên ar ei hwyneb.

'Be 'di'r mater?'

'Trwbwl yn 'rysgol. Dduda i eto.'

'Sut wyt ti, 'te?' gofynnodd mewn llais uwch a chyda golwg ar y drws bach i'r ystafell fyw, lle'r oedd y plant yn gwylio'r teledu. Clywodd Marian ei lais a rhedodd i'r gegin i gael cusan gan ei thad.

'Sut ma' geneth bach Dadi, 'te? Ti 'di bod yn eneth dda? Be ti 'di'i neud heddiw?'

''Im byd.'

'Do, mi wyt ti,' meddai'i mam. 'Wyt ti 'di gneud llun o Dadi. Cer i' nôl o.'

Tra oedd y fechan a'i chefn atynt, edrychodd John a Beryl ar ei gilydd. Allai John ddim rhoi ateb i'r cwestiwn yn ei llygaid, dim ond edrych ar y cloc, gan obeithio y byddai hithau'n deall y caent siarad yn nes ymlaen. Erbyn hyn, roedd Gwyn wedi dod drwodd i'r gegin.

'Dw i isio bwyd.'

'Reit. Fydd o 'im dau funud. Gei di a Dad osod y bwrdd.'

Y gwaith anoddaf a gawsai John y diwrnod hwnnw oedd eistedd yn llonydd wrth y bwrdd bwyd. Gallasai fod wedi bwyta jam yn lle saws coch, o ran hynny o sylw roedd yn ei roi i'r hyn a wnâi. Roedd yn ysu am gael cerdded o gwmpas y gegin a symud pethau o le i le; am gael gwneud unrhyw beth ond byw drwy'r noson honno.

Golchi'r llestri roddodd gyfle iddo i ddweud wrth Beryl, gan ostwng ei lais yn barod i newid y sgwrs bob tro y dôi un o'r plant i glyw.

'Ti'n cofio'r trip es i hefo'r Babanod ddydd Mawrth? Wel, ma' un ohonyn nhw wedi achwyn arna i.'

'Achwyn? Achwyn be?'

'Cam-drin rhywiol.'

Tagodd chwerthiniad Beryl dan bwysau'r tyndra oedd o'u cwmpas.

'Wel, does neb yn mynd i gredu hynny, nac oes? Be ddigwyddodd, p'run bynnag?'

'Dwi wedi 'ngwahardd o'r ysgol.'

Dyna'r gwaethaf wedi'i ddweud. Cofleidiodd y ddau ei gilydd gan wasgu i'r noddfa y gallai'r naill ei chynnig i'r llall. Dyma'r tro cyntaf er adeg genedigaeth Marian i'w cariad blymio i'r fath eigion o ddyfnder. Teimlodd John ei fod yn ymollwng yn y llanw.

'Gad i'r llestri 'ne.' Cerddai o gwmpas y gegin wrth ddweud yr hanes, gan afael mewn papurau a llestri a'u symud yn ddireswm o'r naill le i'r llall. Ni chafodd fawr o ryddhad wrth ddweud, er iddo gael cyfle i geisio mymryn o obaith yma ac acw; ond ar yr un pryd, po fwyaf y meddyliai am y peth, mwyaf y peryglon a welai o'i flaen.

'Pwy ydi'r eneth? Dwi'n cymryd ma' *geneth* ydi hi?'

'Wel ia. Wn i'm fase hi'n waeth tase fo'n hogyn. Charmaine Woods, blwyddyn gynta'r Babanod. Ma' nhw'n byw yng ngwaelod y dre.'

'Wel, be *ddeudodd* hi?'

'Dene'r coblyn. Wnân nhw ddim deud wrtha i. Wyt ti'n gwbod fel ma' nhw. Neb i gal gwbod dim byd nes bydd 'na ymchwiliad swyddogol.'

'Ma' hynna'n ofnadwy. Wyt ti'n meddwl deud fod raid i ti stiwio adre tan ddydd Llun heb hyd yn oed wbod be 'di'r cyhuddiad yn d'erbyn di? Mae hynna'n erbyn pob cyfiawnder, does bosib?'

'Ti'n deud wrtha i! Dene pam ma' nhw wedi 'nghau i allan o'r ysgol. Dwi ddim i gael siarad hefo neb o'r staff, na'r plant, na'r rhieni, na neb.'

'Pwy s'gin hawl i neud hynny? Ydi Heddwyn rioed yn bod mor galed?'

'Yr NSPCC sy'n deud. Ma' Heddwyn yn gaeth i'r canllawie, debyg, fel pawb arall.'

'Wel, be yn *union* ddeudodd yr NSPCC?'

'Dim byd, ond bod Charmaine wedi deud rhwbeth wrth 'i mam, a'i bod hi wedi mynd atyn nhw a gneud cyhuddiad.'

Roedd braw newydd yn ymffurfio ym meddwl Beryl erbyn hyn. Doedd hi ddim wedi dod yn agos at ystyried a oedd John wedi gwneud dim drwg, ond dechreuodd ddychmygu y cant a mil o wahanol gyhuddiadau y gellid eu gwneud. A oedd hi'n bosib bod ei gŵr wedi gwneud rhywbeth difeddwl y gallasai'r plentyn amau ei ystyr? Aeth chwys oer drosti hithau, a throdd oddi wrth John i symud plât neu ddau o'r fowlen yn y sinc.

Ac eto . . . doedd John ddim yn un tebygol o godi amheuon. Doedd o ddim yn arbennig o allblyg, nac yn un am anwesu'n gyhoeddus, y llaw ar ysgwydd, y fraich am blentyn. Wir, rhyw fath o swildod corfforol oedd wedi'i denu hi ato yn y lle cynta, rhyw argraff bod ganddo wastrodaeth arno'i hun. 'Fo ydi'r ola fase'n debyg o neud dim byd gwirion,' meddai wrthi ei hun; ond yr un funud daeth llais bach o ddyfnder ei meddwl a dweud: 'ci tawel sy'n cnoi . . .'. Sibrydion yn codi o'r llaid fel penbyliaid.

Atebodd John ei chwestiwn nesaf cyn iddi ei ofyn.

'Mi *roedd* 'ne dipyn bach o waith hefo hi ar y trip, rywsut; hynny ydi, roedd arni angen dipyn bach mwy o help na'r lleill, er na ddaru'i hathrawes hi ddim sôn dim byd. Doedd 'na neb o'r plant ag anghenion arbennig, medden nhw. Ond un peth ddigwyddodd—dene'r unig beth y galla i feddwl amdano fo sy wedi cychwyn hyn— ydi'i bod hi wedi colli'i hesgid. Oedd hi'n ryw chware o gwmpas braidd pan oedden ni'n cerdded rhyw lwybr bach ar hyd ochr y ffos, a mi ddisgynnodd 'i hesgid hi i'r ffos. Ffos fach fach oedd hi. Oedd 'ne ddim peryg i'r plant.'

'A be wnest ti?'

'Oedd hi'n ddigon hawdd cael gafel ar yr esgid; ond wrth gwrs roedd hi'n wlyb. Dâi hi ddim yn ôl dros yr hosan fach wen 'na. O'r nefoedd! W'rach ma' dene 'di'r drwg. 'Nes i 'i chario hi'n ôl at y bws. Wn i'm be arall allwn i neud, wir. Fedre hi ddim cerdded hefo un esgid.'

'Sut cariest ti hi?'

'Wel, ar 'y nghefn, sut arall? Lwc nad oedd hi ddim cweit rhy fawr i'w chario—ne dene be o'n i'n 'i feddwl ar y pryd. Wn i ddim pa ddrwg feder neb neud allan o hynny; ond alla i ddim meddwl am aflwydd o ddim byd arall alle hi'i ddeud. Os nad ydi hi wedi breuddwydio

18

rhwbeth allan o'r awyr. Dwi jest ddim yn dallt y peth; a ma' arna i ofn meddwl, a deud y gwir.'

Roedd crac bach, bach yn ei lais. Anwesodd Beryl ei ysgwydd, a chrafangodd yntau am ei llaw, gan guddio'i wyneb. Gwyddai'r ddau erbyn hyn fod John mewn trwbwl. Gwyddai Beryl fod mwy o gwestiynau'n codi o'r stori, ac roedd arni ofn eu gofyn. Trodd yn ôl at ei gofid ynghylch y diffyg gwybodaeth.

'Allwn ni ddim byw tan ddydd Llun heb gael gwbod rwbeth. Ma'r peth yn annynol.'

'Wn i'm sut i fyw drwy heno, heb sôn am fory. Dwi jest awydd mynd i lawr yno ac ysgwyd y stori allan o'r eneth.'

'Dim iws iti neud hynny. Ddeudan nhw ddim wrthat ti p'run bynnag. A mi ddoet i helynt am 'u harasio nhw ne rwbeth. Be am ffonio Heddwyn?'

'Dw i'm yn meddwl 'i fod o'n gwbod mwy na fi. Mi roth o hynny o gysur fedre fo i mi, a doedd hynny ddim yn lot. Un peth. Dwi ddim isio deud dim byd wrth y plant. Ddim heno, beth bynnag. Fedra i ddim diodde dim byd arall heno.'

Roedd arno eisiau llonydd, eisiau dianc o'i feddwl ac o'i fywyd. 'Stopiwch y byd—dw i'n mynd i lawr yn fama,' meddyliodd. Sut y gallai popeth o'i gwmpas fod wedi troi mor ddiafael mewn un diwrnod? Ei waith, ei gartref, hyd yn oed y plant. Dim byd yn saff.

Roedd Marian yn y bàth yn barod, yn chwistrellu dŵr a throchion sebon drwy fodrwy blastig.

'Dadi! Dadi!' gwaeddodd. 'Dwi isio i ti orffen y stori.'

'Ddaw Dadi i fyny'n y munud,' meddai Beryl wrthi. 'Pa stori wyt ti isio iddo fo orffen hefo ti?'

'Isio'r Falwen Fach Feddal.' Llithrodd y geiriau i'w

19

gilydd yn sglefriad moethus. Y drefn ar nos Wener oedd fod Marian yn cael y bàth cyntaf, ac wedyn John yn ei setlo yn ei gwely efo stori gan gadw llygad ar yr un pryd drwy'r drysau agored ar Gwyn yn ei fàth. Roedd Gwyn yn saith oed, ac yn gallu ymolchi ei hun yn eithaf, ond bod angen cadw golwg arno.

Heno, arhosodd John i lawr y grisiau nes bod Beryl wedi perswadio Marian i wisgo'i phyjamas a mynd i'w gwely. Chwiliodd am y llyfr er ei fod o a Marian yn gwybod y stori'n reit dda ar ôl mynych ddarllen. Fel arfer câi John gymaint o bleser â hithau wrth ddarllen y brawddegau byr, rhythmig a'r syniadau ffansïol, annwyl. Heno, gwrandawodd o'r newydd ar yr hyn roedd o'n ei ddarllen, gan chwilio am adleisiau rhywiol yn y stori. Doedd yna ddim, os na allai rhywun gael neges rywiol yn hanes malwoden fach oedd wedi colli ei chragen.

Caeodd John y llyfr wrth weld llygaid Marian yn cau er ei gwaethaf. Taenodd y cwrlid drosti, rhoddodd gusan braidd gyffwrdd ar ei thalcen, ac aeth i weld pa lanast oedd Gwyn wedi'i wneud yn yr ystafell ymolchi.

'Ga i ddŵad i lawr i weld *Sgorio*, 'n ca'?'

Sgrialodd drwy'r gwaith o wisgo'i byjamas, a chicio pêl i lawr y grisiau cyn llonyddu ar y soffa i wylio'r rhaglen chwaraeon ar y teledu. Pêl-droed oedd ei obsesiwn, a'i bleser mwyaf oedd trafod y gêm efo'i dad. Ar adegau felly byddai'r ddau'n fêts, yn cau'r byd allan o'u gwynfyd preifat eu hunain. Rhyfedd o beth, meddyliai John, bod trafod gêm yn gallu creu'r fath berthynas rhwng dau. Tybed a fyddai chwaraewyr bingo yn cael yr un pleser o gyd-chwarae, neu ganibaliaid o fwyta o'r un crochan? Heno, roedd y profiad o rannu'r difyrrwch yn un angerddol.

O'r diwedd, aeth Gwyn i'w wely, a'i feddwl yn rhy lawn o'i fwyniant presennol i boeni dim am ddydd Sadwrn. Roedd John yn falch nad oedd raid iddo ddweud na fyddai'n mynd i'r gêm. Gallai groesi'r bont honno drannoeth.

Gwnaeth Beryl ddwy baned o goffi cyn rhoi ei gwaith marcio ar fwrdd y gegin. Byddai'n rhaid gwneud hwnnw cyn dydd Llun, pe bai ond chwarter ei meddwl arno.

'Be wyt *ti* am 'i neud?' gofynnodd yn betrus.

'Fedra i neud affliw o ddim, na fedra? Cha i ddim mynd i'r ysgol ddydd Llun. Mae gen i lot o bethe newydd i'w dechre hefyd. Wn i'm be i neud efo nhw. O'r ddiawledigeth!'

Aeth allan i'r ardd. Roedd hi'n dechrau tywyllu, ond fod golau o ffenest y gegin yn lliwio'r mymryn patio a'r llwyni rhosod yn ei ymyl. Daeth i'w feddwl i daflu rhywbeth, i dorri ffenest hyd yn oed. Deallodd yn sydyn sut mae llanciau'n gallu malu pethau pan fydd y dicter yn berwi drosodd. Roedd ei feddwl yntau mor llawn o'i boen fel mai prin y gallai gofio bod taflu carreg yn debygol o dorri gwydr, a bod gwydr mân yn torri croen. Atgof pell o lais ei dad yn dweud 'watsia di dorri ffenest' a'i rhwystrodd rhag torri'i dŷ gwydr yn deilchion. Tarodd ei ddwrn lawer gwaith yn wal gefn y tŷ, a gwneud rhyw sŵn dieiriau yn ei wddf. Ymhen tipyn, tawelodd ddigon i fynd yn ôl i'r tŷ.

'Wn i'm be ddaw o hyn,' meddai wrth Beryl, 'ond mi ddeuda i un peth wrthat ti. Fydda i byth yr un fath eto.' Cysidrodd a allai hyn fod yn wir. Oedd, mi roedd yn wir. 'Byth,' meddai.

Cawsai Beryl gyfle erbyn hyn i feddwl sut i holi

fymryn pellach i'r hanes, er bod arni ofn creu'r argraff ei bod yn croesholi.

'Wyt ti'n dal i feddwl fod yr eneth 'ne'n gneud rwbeth o gael 'i chario gynnat ti?'

'Fedra i ddim meddwl am ddim byd arall. *Doedd* 'ne ddim byd arall—a doedd 'ne ddim byd yn hynny chwaith, wrth gwrs.'

'Siŵr. Dwi'n dallt hynny. Ond ddeudodd hi rwbeth? Oedd hi'n licio ca'l 'i chario?'

'Wel, roedd hi'n iawn, am wn i. Fedrwn i'm 'i gweld hi pan oedd hi ar f'ysgwydde i. Roedd hi'n crio cyn i mi 'i chodi hi—wel, crio am 'i bod hi wedi glychu'i hesgid, debyg. Roedd hi fel y boi pan rois i hi i lawr. Mi rhois i hi ar step y bws y tu ôl i mi, a deud wrthi am hopian i'w sêt.'

'A be am y plant erill? Oedden nhw'n deud rwbeth?'

'O, roedden nhw wrth 'u bodd. 'Nes i drio'u dysgu nhw i ddeud *piggy-back* yn Gymraeg, a roedden nhw'n canu, "Charmaine yn ca'l cocyn coch, cocyn coch".'

'A doedd 'ne ddim golwg o ddim byd o'i le, 'te? Be am pan ddaethoch chi'n ôl i'r ysgol? Pwy ddaeth i nôl yr eneth adre?'

''I mam hi—wel, mi gymres i mai'i mam hi oedd hi. Gwallt melyn. Roedd Meinir, athrawes y Babanod, wedi dŵad i'n cwarfod ni oddi ar y bws. Roedd 'ne griw o fame, a babis, a'r plant yn dawnsio o gwmpas, ti'n gwbod fel ma' hi. Roedd 'ne un eneth wedi gadel 'i chot ar y bws, a gorfod i mi fynd yn ôl i ga'l honno. Ges i jest amser i ddeud wrth fam Charmaine 'i bod hi wedi glychu'i hesgid—roedden nhw allan yn y stryd erbyn hynny. Roedd Charmaine yn hopian o gwmpas yn deud 'i bod hi wedi ca'l cocyn coch, a'i mam yn edrych yn hurt, ddim yn gwbod be oedd o, wrth gwrs. Wel, dene'r co' sy gen i. Dydd Mawrth oedd hyn, cofia. Mae'n ddydd Gwener heddiw.'

'Ia,' meddai Beryl yn ara deg. 'Ble buon nhw tan rŵan, tybed?'

Roedd pob munud o'r noson honno i'w deimlo fel awr i John. Cerddodd o un ystafell i'r llall. Cododd y ffôn lawer gwaith, i ffonio neb yn benodol, a'i roi i lawr bob tro cyn galw rhif. Rhedodd o amgylch y stad wedi iddi dywyllu, ond heb newid i'w ddillad rhedeg. Pan aeth i'w wely, tua thri o'r gloch y bore, roedd Beryl yn hanner effro. Syrthiodd yntau i'w breichiau.

'Diolch i ti, cariad,' sibrydodd.

'Am be?' gofynnodd hithau gyda'i chusan.

'Am beidio gofyn.'

Tynhaodd ei breichiau amdano, gan obeithio bod hynny'n ddigon o ateb. 'Does dim angen gofyn,' meddai wrthi ei hun. Ac ar yr un pryd, daeth llais bach o ddyfnder ei meddwl yn dweud:

'Sut gwyddost ti?'

IV

Rhyw ddwyawr o gwsg trwm gafodd John cyn deffro gyda naid o bryder. Roedd hi'n dywyll. Dechreuodd droi a throsi. Cripiodd o'r gwely ac i lawr i'r gegin. Gwnaeth gwpanaid o goffi. Rhoddodd hi ar y bwrdd lle'r oedd gwaith marcio Beryl yn dal yno, un swp wedi'i orffen, ac un llyfr ar ei hanner lle'r oedd hi wedi rhoi'r gorau i'w gwaith i drafod yr helynt eto fyth. Eisteddodd; wedyn cododd ac yfed ei gwpanaid dan gerdded o gwmpas. Cododd y bleind patrymog gan ofalu peidio â gwneud sŵn drwy symud y potiau planhigion ar y silff ffenest. Dim golwg am wawr. Gwnaeth gwpanaid arall.

Wrth i'r cloc ar y popty gyrraedd 6.00, dechreuodd droi ei feddwl at y diwrnod o'i flaen. Pilsen anodd iawn i'w llyncu oedd cael ei wahardd rhag mynd â'r hogiau i'r gêm bêl-droed yn Rhuddlan. Pwy anfonai Heddwyn yn ei le, tybed? Mae'n debyg y byddai'n rhaid iddo fynd ei hun. O, na, fedrai o ddim. Ac ni fedrai John wneud dim na dweud dim. 'Ma' nhw'n sôn am bobol sy heb ddim rheolaeth ar be sy'n digwydd iddyn nhw,' meddai wrtho'i hun, 'a finne bob amser yn meddwl mai pobol erill sy mewn sefyllfa felly, pobol ddi-sut wrth natur, pobol sy'n fethiant. A rŵan, a fi fy hun yn yr un picil, fedra i neud dim byd mwy na nhwthe.'

Ac fe fyddai Gwyn yn eiddgar i ddod efo fo i Ruddlan. Beth allai o ei ddweud wrth yr hogyn? A beth wnâi yn y tŷ drwy'r dydd? Byddai'n edrych yn od iawn iddo gadw Gwyn adre i wylio *Grandstand*, a hithau heb fod yn storm nac yn lluwchio eira. Roedd gofyn trafod efo Beryl. Teimlodd fymryn yn well o ddod i benderfyniad, er mor fychan, a rhoddodd y tecell i ferwi eto.

Rhoddodd ddwy gwpanaid o goffi ar hambwrdd, a mynd i fyny'r grisiau. Dal i gysgu roedd Beryl, un fraich ar draws ei ochr ef o'r gwely, a'i hwyneb yn turio i'r gobennydd. Gosododd John y coffi ar y gist ddroriau dderw, efo mymryn o dwrw o achos y cryndod yn ei ddwylo. Deffrôdd hithau, gyda gwên a rhyw 'mmm' synhwyrus, gan estyn ei breichiau i groesawu'r gwpanaid ac yntau ar yr un pryd. Yna cofiodd am boen y noson cynt.

'O, sori 'mod i 'di cysgu fel'ne.'

'Na, cysga di. Ma' isio i un ohonon ni fod yn *compos mentis*, yn does? Fedra i ddim meddwl yn strêt. Mae'n rhaid i ni feddwl sut i ddŵad drw heddiw.'

'Ia. O ia. Gwyn.'

'Ia. Pan gofith o 'i bod hi'n ddydd Sadwrn, fydd byw na marw na chaiff o ddŵad i Ruddlan. Cythral o beth na cha i ddim mynd, jest am fod rhyw hogan bach wedi deud . . . a finne ddim hyd yn oed yn ca'l gwbod *be* mae hi wedi'i ddeud. Ewcs, wn i'm . . . deimles i rioed mor . . . faswn i'n licio towlyd rhwbeth.'

Cogiodd Beryl guddio dan y dillad gwely.

'Help! Mae 'ma ddyn yn towlyd pethe!'

Allai John ddim chwerthin, ond o leiaf fe laciodd ei wyneb ryw ychydig. Aeth ar ei hôl dan y dillad.

'Be faswn i'n neud hebddat ti?'

'Towlyd pethe, debyg. Ia, wel, be wnawn ni efo Gwyn, 'te? Well i ni fynd â fo i rwle arall, yn tydi? Rwle dipyn bach pellach? A deud 'yn bod ni'n ca'l trêt sbesial?'

Marian gododd gyntaf, o'r llofft fach. Daeth trwodd at ei rhieni, ei bawd yn ei cheg, a'i chydymaith ffyddlon, y ddoli glwt, yn llusgo yn y llaw arall. Roedd hi am gael diod o fŵg coffi ei mam, a doedd dim llawer o ots ganddi fod y mŵg yn wag. Cogiodd yfed yn awchus, gan wneud 'p-p-p-p' â'i gwefusau fel y bydd neiniau'n ei wneud wrth geisio perswadio plentyn cyndyn i fwyta uwd. Ond roedd ei thad yn fwy parod nag arfer i fynd i lawr i nôl diod o sudd oren iddi. Yna, aeth i'r llofft ganol i weld a oedd Gwyn yn effro.

Dim ond corun Gwyn oedd i'w weld dan y cwilt coch a gwyn. Cawsai ailaddurno a dodrefnu'i ystafell wely ar ei ben blwydd yn saith oed, yn lliwiau Manchester United wrth gwrs. Doedd dim llawer o'r carped coch i'w weld dan y sypiau o ddillad a bocsys o deganau, ac roedd llai fyth o'r parwydydd gwyn i'w gweld dan y posteri. Llun anferth o Mark Hughes oedd yn cymryd fwyaf o le, ond roedd lluniau llai wedi eu gosod dros ymylon ei gilydd ar hyd ochr y bync. Mynnai Gwyn gysgu yn y bync uchaf gan adael yr isaf yn wag er pan aethai Marian i gysgu yn ei llofft ei hun. Ni fynnai chwaith ddringo'r ysgol i'w wely. Safai honno'n segur wrth y wal.

'Ga i ddŵad i'r gêm, 'n ca'?' oedd ei gwestiwn wrth ddeffro.

Cafodd John ei demtio i ddweud wrtho nad oedd yr un gêm yn cael ei chwarae y diwrnod hwnnw. Trodd i dwtio pâr o esgidiau oedd wedi eu gollwng yn flêr ar y llawr.

'Dw i ddim yn mynd efo hogie'r ysgol heddiw.'

Dyna hynna wedi'i ddweud yn onest, o leiaf.

'O, Dad!' Rhyw nad anfodlon, rhwng protest a galar. 'Da-ad!'

'Ia, wel, 'den ni'n mynd i rywle arall. Mae Mami a

Marian a ti a fi . . . 'den ni i gyd yn mynd i'r Sw Fynydd. Be ti'n feddwl o hynny?'

'O'n i *isio* dŵad i'r ffwtbol. O wel, OK 'te. 'Den ni'n mynd rŵan?'

Roedd Marian yn hapus iawn i fynd i'r sw, er nad oedd ganddi fawr o gof am fod yno o'r blaen.

'Ma' 'ne anifeilied yno, 'sti,' meddai Gwyn wrthi, 'eliffantod, a theigars, a deinosors.'

'Wel, does 'ne ddim deinosors rŵan, nac oes?' cywirodd Beryl ef yn ofalus. 'Ma' nhw i gyd wedi marw ers miliynau o flynyddoedd. Rwyt ti wedi gweld model o ddeinosor lawer gwaith, ond welest ti rioed un byw. Dw i na Dad rioed wedi gweld un byw chwaith, naddo, Dad?'

Doedd John ddim wedi clywed.

'Ydech chi, Dad? 'Dech chi wedi gweld deinosor byw?'

'Nach'dw. Ma' nhw i gyd wedi marw ers miliynau o flynyddoedd.'

Edrychodd Gwyn yn amheus ar ei dad a'i fam. Od eu bod nhw ill dau yn dweud yr un peth yn union. O, wel. Aeth i nôl ei gap Manchester United, a'i gêm ddraffts mewn bocs bach, iddo gael chwarae â hwnnw yn y car. Peth annifyr oedd bod yn sownd mewn gwregys diogelwch, ond gwyddai na symudai'r car fodfedd oni bai fod pawb wedi eu clymu'n ddiogel.

Y tu allan i Abergele, roedd cae chwarae a hogiau mawr yno'n cicio pêl o gwmpas. Edrychodd Gwyn yn hiraethus arnynt. Roedd Marian wrthi'n lliwio lluniau mewn llyfr straeon.

'Pa liw s'isio gneud llo bach?'

'Du. 'Sgin ti bensil du? O wel, 'neith brown y tro.'
Aeth Gwyn yn ôl i chwarae draffts gydag ef ei hun.

Wrth droi'r car tua'r gorllewin ar ffordd yr arfordir, teimlodd John y rhyddhad o roi ei sylw i'r traffig. O leia roedd gan ei ddwylo rywbeth i'w wneud. Distaw oedd Beryl wrth ei ochr, ei meddwl yn ailwrando ar yr hyn roedd John wedi'i ddweud y noson cynt, ac yn ceisio dyfalu beth oedd yn ei feddwl. Y sarhad o gael ei gau allan o'r ysgol fyddai uchaf yn ei feddwl, mae'n debyg. Byddai'r pryderon dyfnach yn rhy annioddefol i'w hystyried. Rhoddodd ei llaw ar ei ben-lin, er lleied o gysur oedd hynny.

Wrth iddynt nesáu at Landdulas, daeth y môr i'r golwg y tu hwnt i'r caeau a'r carafannau ar yr ochr dde i'r ffordd ddeuol, yn llachar las a llonydd. Roedd haul hydref wedi treiddio trwy'r cymylau ac yn sgleinio drwy'r awyr laith, ac un llong yn gorwedd yn ymyl y gorwel. Disgwyl ei thro i nôl llwyth o'r chwarel, debyg. Cyn bod Beryl wedi gorffen egluro i'r plant am y chwarel, tynnwyd eu sylw gan y deinosor plastig anferth ar yr ochr tua'r tir o'r draffordd.

''Den ni yn y sw?' gofynnodd Marian.

''Sne'm deinosors yn y sw. Ddudson ni wrthat ti, yn do?'

Gwenodd Beryl o glywed Gwyn mor newydd-wybodus, ond o leia roedd o wedi dysgu rhywbeth.

Dechrau troi'n felyn yr oedd y dail ar yr allt goediog wedi iddynt droi o dref Bae Colwyn ar hen ffordd Llanrwst. Dal ymlaen o un allt i'r llall, pob un yn gulach na'r un cynt, a chanopi'r coed yn mynd yn fwy trwchus bob gafael, nes dod o'r diwedd at ffordd agored a rhes o geir wrth y fynedfa. Edrychai'r condor mawr du a gwyn yn fyfyriol arnynt o'i gaets wrth ymyl y ffordd.

Y tu mewn, roedd yn fyd gwahanol. Plant ym mhobman, yn llusgo'u rhieni yma ac acw, yn rhedeg rhwng coesau, yn taro yn erbyn bron bopeth yn eu llwybr. Plant mewn bygis, babanod mewn bagiau cefn, ac ambell grwtyn yn cael cocyn coch. Sglodion, hufen iâ a diodydd yn creu rhyw symud parhaus wrth i'r pacedi a'r tuniau gwag gael eu taflu, rhai i'r biniau sbwriel a rhai ar lawr.

Cafodd John ryw fath o ollyngdod wrth ymdoddi i'r criw o bobl. Dyma fo a'i deulu'n gwneud yr un peth â channoedd o deuluoedd eraill, bron iawn i gyd yn rhieni ifainc, eu jîns a'u legins a'u siwmperi trwchus fel iwnifform yn rhoi teimlad o berthyn a bod ymysg eu tebyg. Roedd yr heulwen yn help hefyd. Cafodd y cotiau glaw aros yn y car, a chafodd y plant eu gollwng i brancio'n rhydd.

'Wyt ti'n meddwl y medret ti fynd i'r siop i brynu llyfryn y sw?'

Rhoddodd John ddwybunt i Gwyn. Ychydig lathenni oedd ganddo i fynd i'r siop, ac aeth at y cownter yn reit dalog, gan ddangos y llyfr yn y drws cyn dod yn ôl gyda hanner can ceiniog o newid.

'Ma' gynnyn nhw ffwtbols bach bach yne,' meddai'n obeithiol.

'Ia, wel, 'den ni'n mynd i'r siop peth ola cyn mynd adre, tyden? Awn ni i weld y tsimpansîs gynta, ia? Ti'n clywed i lawr fancw, ma' 'ne rwbeth yn digwydd yno.'

Safodd Gwyn a Marian yn stond i weld y tsimpansîs gwneud yn mynd drwy eu campau. Saesneg oedd y cyflwyniad, a doedd Marian yn deall fawr, ond cafodd Gwyn afael ar gymal neu ddau.

'Be 'di endejeryspis?'

'*Endangered species.* Anifeilied sy'n mynd yn brin am 'u bod nhw ddim yn cael digon o fwyd, ne weithie am fod y goedwig yn cael 'i thorri i lawr, a wedyn 'sgynnyn nhw unlle i fyw. Sôn am fwyd, wyt ti'n meddwl 'i bod hi'n amser cinio?'

Tra oedd sylw'r plant wedi'i hoelio ar y sglodion, peidiodd John â chynnal y lled-wên oedd yn naturiol i'w wyneb. Roedd ei wallt wedi chwythu tipyn yn y gwynt, a'i wyneb wedi colli ei hyder arferol.

'Ti'n olreit?' Roedd ei chwestiwn yn ddigon i ddod ag ef ato'i hun.

'Siŵr. Naethon ni'n iawn i ddŵad yma heddiw, tra ma' hi'n dal yn braf, a phethe'n dechre tawelu ar ôl yr ha, hefyd. P'run fase'n well gen ti, Gwyn, mynd ar Lwybr y Goedwig ne'r Llwybr Natur ar ôl cinio?'

Llwybr y Goedwig oedd y lle tawelaf, er i Marian ddychryn braidd pan welodd yr eryr yn hedfan yn rhydd, a'i adenydd brown anferth uwch eu pennau. Yn y coed, gallai eu traed suddo i garped y dail llaith a'r caws llyffant wrth ochr y llwybr. Pellhaodd sŵn y sw, ac roedd sgrialiad ambell wiwer neu lygoden o'r prysg yn gwneud i'r plant ddistewi a gwrando. Disgynnai ambell ddeilen ambr yn ddioglyd drwy'r awyr i orwedd yn dringar ar lawr y fforest.

'Tydi hi'n braf? Does 'na neb ond ni yma.' Hoffai John fod wedi dal i gerdded am oriau.

'Dwi 'di blino. Dwi isio cario.' Roedd Marian wedi ildio i'r tawelwch a'i blinder ei hun.

'Olreit. Ti isio cocyn coch, 'te?'

Plygodd John i'w chodi ar ei gefn. Marchogodd y fechan yn orfoleddus, gan dynnu dail oddi ar y coed, a'u taro yn erbyn y canghennau wrth basio. Rhedodd Gwyn o'u blaenau, gan ganu rhyw bytiau di-siâp o 'bwm-ra-ti-bwm' wrtho'i hun. Cerddodd Beryl ar eu holau, yn edrych ar y tri ohonynt, a'u gweld yn ffrâm y coed fel llun mewn llyfr. Cofiodd John am y sarff yn Eden, a rhoddodd Marian i lawr cyn dod yn ôl i ŵydd pobl.

Syrthiodd Marian i gysgu ar y ffordd adre, gan afael yn y tedi-bêr bach newydd. Cawsai Gwyn ddwy anrheg, llyfr am adar trofannol i ennyn ei ddiddordeb, a phêl-droed fechan ar fodrwy oriadau am ei fod wedi rhincian amdani. Cadwodd y bêl-droed yn hongian ar ei fys bach, gan fyseddu'r llyfr a cheisio darllen y gair *flamingos*. Roedd y gair mor egsotig iddo â lliwiau pinc yr adar mawr a welsai'n sefyll ar eu hungoes wrth bwt o lyn yn y sw.

'Dad, ma' gin rhein goese pinc. Dodd gin y rhei yn y sw ddim coese pinc. Sbiwch ar rhein yn y llyfr!'

'Ia, wel dw i'n meddwl 'u bod nhw'n newid 'u lliwie dipyn bach weithie. Dibynnu ar y tywydd, ne' lle ma' nhw. Wn i'm ydyn nhw'n licio bod yn y sw gymint â hynny, 'sti. Rhyw bwll bach o ddŵr oedd gynnyn nhw, 'te? Yn Affrica a llefydd felly, ma' nhw'n cael bod wrth anferth o lynnoedd mawr, a'r rheiny â halen o'u cwmpas nhw.'

'*Halen?* Halen rownd y llyn?'

'Ia, w'st ti, 'run fath â ma' 'ne swnd ar lan y môr, ma' 'ne lynnoedd efo lot o halen ar 'u glanne nhw. Dene lle 'den ni'n ca'l halen. Oeddet ti'n gwbod hynny?'

'Wyt ti wedi 'joio dy hun heddiw?' gofynnodd ei fam. 'Rwyt ti wedi bod yn hogyn reit dda, chw. are teg i ti. Ma' nhw'n hen blant iawn, yn tydyn, Dad?'

Roedd y diwrnod wedi bod yn un da, heb os. Y plant wedi bod yn reit hawdd i'w difyrru, a John a Beryl wedi cael rhywbeth i gadw'u meddyliau'n brysur.

''Den ni 'di gwario dipyn, cofia,' meddai John yn dawelach wrthi hi. 'Pymtheg punt am fynd i fewn, dau bryd o fwyd, a'r siop. Does gynnon ni fawr o newid o hanner can punt.'

'Ia, wel, oedd o'n werth o, yn doedd?'

Daethant ar hyd yr arfordir a'r haul wrth eu cefnau, ond wrth iddynt droi i'r dde am Abergele gwelent ei olau melyn yn taro'r bryniau. Doedd hi ddim yn bell wedyn i dref fechan Llanofal. Dechreuodd Beryl feddwl am swper. Rhywbeth parod o'r rhewgell, heb angen dwy neu dair o sosbenni i wneud gwaith blinderus. Byddai Marian yn reit fywiog, mae'n debyg, wedi torri min ei chwsg yn y car. Gobeithio nad âi hi ddim yn rhy hwyr i gael sbel ar y marcio.

Roedd hi'n rhy gynnar i'r criw ifanc fod allan ar y stryd, a doedd fawr neb i'w weld ar y sgwâr. Ar stad Parc-y-Coed, plant yn eu harddegau cynnar oedd o gwmpas, yn gwau drwy'i gilydd ar eu beiciau ar sbri ola cyn cael eu galw i mewn at eu te. Gallai un ohonynt ddod ar draws llwybr y car unrhyw funud. Arafodd John i bum milltir yr awr wrth droi i mewn i Glos Derw, a throi mewn cylch llydan i anelu at y giât agored. Doedd o ddim wedi sylwi ar y ceir dieithr ym mhen pella'r clos, ond gwelodd Beryl y camerâu yn dod tuag atynt.

'Watsia! Hogie'r papure!'

Rhy hwyr. Fflach, a fflach, a fflach arall. Wynebau wrth ffenestri'r car, yn gweiddi cwestiynau. Y geiriau'n sŵn carbwl, annifyr.

'Peidio deud dim byd am rŵan, yntê?' Roedd Beryl wedi meddwl y dôi'r wasg i'r fei rywdro, ond roedd hyn yn sioc iddi. Ac roedd Marian yn cynhyrfu, a Gwyn wedi dychryn. Gallai deimlo braw ei rieni.

'Dad, Mam, be sy? Be 'di mater?'

Trodd Beryl at sedd ôl y car.

'Mae 'ma dipyn bach o broblem, w'rach. Biti na fase Superman efo ni. Be 'den ni isio'i neud ydi mynd i'r tŷ heb ddeud 'run gair wrth y bobol 'ma. Fedri di ddatod bwcwl sêt Marian? A siarada'n neis efo hi, yn lle 'i bod hi'n dychryn. Wedyn mi wneith Dad 'i chario hi i'r tŷ, ac mi gei dithe ddŵad â chymint ag a fedri di o'r cotie a phethe. Mi a' i yn 'y mlaen i agor y drws. Tria ddŵad â phob peth fedri di, lle bod ni'n gorfod dŵad allan eto.'

Roedd John yn ddiolchgar am drefn i'w dilyn. Daeth allan o'r car gan wthio heibio i'r gohebwyr, ac agor y drws ôl i godi Marian o'i sêt. Gorchwyl letchwith braidd oedd hynny, gan fod ei breichiau'n cyhwfan wrth iddi ymestyn rhwng cwsg ac effro. Golwg syn oedd arni, a dechreuodd rincian crio wrth weld wyneb penderfynol ei thad. Gwnaeth yntau ymdrech.

'Ty'd o'ne 'te, cariad. 'Den ni adre. Mae Mami yn y tŷ.'

Yn y diwedd, cymerodd hi i orwedd ar ei freichiau, a chychwynnodd gerdded yr ychydig lathenni i'r tŷ. Doedd dim modd cuddio rhag y camerâu. Safai Beryl wrth y drws, yn ei ddal yn gilagored ond yn dangos yn glir iawn nad oedd dim mynediad i wŷr y wasg.

Fel athrawes yn trin plant edrychodd yn chwareus geryddgar arnyn nhw.

'Na, na. Dim i'w ddweud. Dim byd o gwbwl. Diolch yn fawr i chi. Nos da.'

Cyn gynted ag yr oedd Gwyn yn y tŷ, caeodd hithau'r drws a'i folltio. Yna, caeodd y llenni.

V

'Fedra i ddim mynd i'r capel.'

'O, tyd o'ne! Waeth i ni heb â hel meddylie fan hyn. A be 'di'r iws cadw'r plant o'r ysgol Sul? Fase raid i ni ffeindio rhyw esgus, *a* deud rwbeth wrthyn nhw hefyd. Yli, 'den ni'n mynd i ddŵad drw hyn, a 'den ni'n mynd i ddŵad drwyddo fo hefo'n gilydd. A 'den ni'n mynd i gario 'mlaen fel tase dim byd wedi digwydd. Achos *toes* 'ne ddim byd wedi digwydd—o'n rhan ni—nac oes?'

'Wel, nac oes siŵr.'

Tir peryglus oedd hwn. Wrth siarad, yn gwbl ffyddiog yn niniweidrwydd John, roedd Beryl yn clywed llais bach yn dweud 'ond mi fase hi'n deud hynny, yn base?' A doedd John ddim yn gwbl siŵr ai cwestiwn rhethregol oedd gan Beryl, ynteu a oedd hi'n rhoi cyfle iddo i gyfaddef rhywbeth. Ar godi o'r gwely roedd hi, ei chrys nos a llun glas y dorlan ar ei draws yn rhoi golwg ifanc, syn iddi. Petrusodd am funud, a rhoi'i phenelin ar y gobennydd fel pe bai am aros i ddweud rhywbeth. Roedd ei thlysni'n fraw i John, a chymaint oedd ei ofn i rywbeth ddod rhyngddynt fel na allai ddioddef geiriau mwy pendant na hynny. Cododd hithau'n sydyn.

'Dw i'n mynd i gael cawod cyn i'r plant ddeffro.'

Oedodd yntau bum munud cyn llusgo'i hun o'r gwely. Doedd bod yn yr oedfa'i hun ddim mor boenus. Wir, roedd yna ryw ryddhad mewn clywed rhes o eiriau, a'r rheiny'n ddifygythiad, yn llifo yn llais ymadroddus y pregethwr. Gallai John wrando ar ei boen ei hun, a phan fyddai'i feddyliau'n mynd yn rhy boenus, gallai droi ei sylw at y bregeth. Siarad ar y ffordd allan oedd y broblem, dioddef jôcs y gynulleidfa am ddod yn ôl wedi'r gwyliau, a meddwl sut y byddai'r un bobl yn siarad efo fo ymhen yr wythnos. Neu a fydden nhw'n siarad efo fo o gwbl? Ni fuasai byth yn dod drwyddi heb Beryl wrth ei ochr.

Daeth Gwyn o'r ysgol Sul dan chwibanu.

'Ga i fynd i chware hefo Tec ar ôl cinio? Ma' tad Tec 'di deud gawn ni chware ar y cae tu ôl i'w tŷ nhw.' Synnodd Gwyn fymryn o gael caniatâd parod. Doedd ei dad ddim fel petai'n gwrando, ond yn hytrach yn edrych ar draws y stryd at gapel y Bedyddwyr. O, dyna pwy oedd yn cymryd ei sylw—Parry bach. Ac roedd o'n dod draw i siarad hefyd. Cythrodd Gwyn i mewn i'r car, o'r ffordd.

'Mi oedd yn dda gen i'ch gweld chi i gyd 'di troi allan bore 'ma. O'n i'n anesmwyth ar ych cownt chi, a ches i ddim cyfle i ffonio na dim ddoe. Meddwl y base'n well i mi ddŵad i weld sut 'dech chi'n dŵad drwyddi.' Eisteddodd Heddwyn wrth y ffenest, ei wyneb yn rhychau gofidus, a'i fysedd yn drymio'n anesmwyth ar fraich ei gadair. 'Wrth gwrs, dw i ddim i fod i drafod dim byd hefo chdi, ond gan na 'sgin i ddim manylion i'w trafod hyd yma, dydi hynny ddim o ots.' Doedd o ddim yn siŵr sut i fynd yn ei flaen. Roedd ar fin dweud 'gobeithio nad 'dech chi ddim yn poeni gormod', ond wrth gwrs doedd dim synnwyr mewn dweud hynny. Gofynnodd sut oedd pethau.

'Cythreulig, fel basech chi'n 'i ddisgwyl,' atebodd John yn siarp. Edrychodd Beryl arno fel pe bai'n deud 'sh'. Aeth i eistedd yn glòs ato ar y soffa. Aeth John yn ei flaen fymryn yn dawelach. 'Wn i ddim p'run ai'r plentyn ynte'i mam hi sy 'di gneud y stori ma' i fyny, ond mae o'n beth diawledig! Nhw ddylai fod o flaen 'u gwell, myn diân i.' Gan nad oedd Beryl na Heddwyn yn ei borthi, dechreuodd John godi'i lais. 'Wel, ia, ma' nhw'n waeth na mwrdrwrs. 'Di GBH yn ddim byd yn ymyl hyn!' Gwelodd Beryl fod Heddwyn yn ei chael hi'n anodd, a gwnaeth ei gorau i hwyluso pethau eto.

'Yndi, mae o'n beth ofnadwy, ond mi ddown ni drwyddi, 'sti. Yn down, Heddwyn?'

'Siŵr iawn. Gofal s'isio. Bod yn gall 'sti, John. Fyddi di ddim gwell o achwyn ar bobol erill, na fyddi?'

'Wel, ddylen nhw ddim achwyn arna i, na ddylen? Clwydde mor fochaidd. A pham? Pam fi o bawb?'

'Ia, o'n i am ofyn i ti, a deud y gwir, er na ddylwn i ddim mynd o flaen yr ymchwiliad. Ond meddwl o'n i, wyt ti 'di cael rhwbeth i'w neud hefo'r teulu o'r blaen, 'lly?'

'Yn enw'r nefoedd, naddo! Dw i'm yn 'u nabod nhw mwy na'r dyn yn y lleuad. Pam oedd raid iddyn nhw bigo arna i? Mae'r ddynes o'i cho!'

'Y gwaharddiad o'r ysgol 'di'r peth gwaetha jest rŵan,' meddai Beryl, gan obeithio cefnogi John a newid mymryn ar drywydd y sgwrs. 'Fydd pethe ddim yn hawdd i chi chwaith, na fyddan?'

'Na, y peth ola 'sgin i 'i isio 'di bod hebddat ti, John.

Wyt ti'n gwbod hynny, gobeithio. Ond dene fo, yr unig beth fedrwn ni 'i neud ydi mynd trw'r hen ymchwiliad 'ma gynted ag y medrwn ni. Gyda llaw, mae'n rhaid i ni feddwl am Gwyn hefyd. Be mae o'n 'i neud o bethe?'

'Fase fo ddim 'di gwbod dim byd, oni bai bod bois y wasg 'di'n dal ni neithiwr wrth i ni gyrraedd adre. Oedden ni 'di mynd i'r sw i fod o'r ffordd. Ddudson ni ddim lot wrth Gwyn, dim ond bod rhwbeth 'di digwydd yn 'r ysgol. 'Di Marian ddim yn dallt, wrth lwc.'

'Ylwch, mi fydd y stori allan erbyn bore fory. Rhaid i ni wynebu hynny. Gobeithio'ch bod chi'n mynd i adel i Gwyn ddŵad i'r ysgol, achos eith pethe ddim haws iddo fo. Fase'n well iddo fo gario 'mlaen fel arfer, 'dech chi ddim yn meddwl? Mi a' i i gael gair hefo'i athrawes o heno, os 'dech chi'n cyd-weld. Mi gadwith hi chware teg iddo fo, gewch chi weld.'

Aeth y ddau i ddanfon Heddwyn at y drws, ond llechu yn y cyntedd wnaeth John heb ddod allan ar y step. Edrychodd yn flin ar ei fag lledr yn gorwedd wrth y wal, a rhoddodd bwniad iddo i du ôl y stand ymbarél. Oedodd Beryl wrth ddiolch i Heddwyn, gan chwifio'i llaw yn siriol ar ei gar, ac ystyried sut i gadw John rhag mynd dros ben llestri yng ngŵydd y plant. Edrychodd ar Glos Derw fel pe bai'n ei weld o'r newydd, ei byd bach maestrefol chwaethus, y tai sengl o frics tywyll, y drysau pren solat, y lawntiau bach taclus, y basgedi crog yn dechrau gwywo, y potiau conwydd isel, ambell gar wedi'i barcio. Daeth Gwyn a Tec i'r golwg ar hyd y llwybr bach, a chlywodd sŵn Marian yn deffro yn y llofft. Roedd hi'n amser te.

VI

Roedd y Ffordyn bach coch yn gyfarwydd iawn â stad Parc y Dywysoges. Ar fore dydd Llun fel hyn, golwg go flêr oedd ar y lle, a sbwriel nos Sadwrn yn crensian ac yn sgrwnsian o gwmpas y strydoedd. Doedd yna ddim plant na llanciau o gwmpas, dim ond ambell fam yn gwthio bygi ac yn llusgo plentyn tuag at y rhes o siopau wrth ymyl y cae chwarae. Gallai Harry Lewis yrru drwy'i gynefin heb dalu gormod o sylw. Stopiodd i brynu sigaréts ac yna anelodd y Ffordyn at stryd o dai brics, mwy taclus na gweddill y stad, ar fymryn o godiad tir ar y cyrion. Stopiodd wrth 110, Flintshire View.

Daeth Wendy Woods i'r drws cyn iddo ganu'r gloch. Roedd hi'n amlwg yn ei ddisgwyl ac wedi tacluso'r stafell fyw. Doedd dim golwg slafus bore dydd Llun arni hithau chwaith, yn ei jîns glân a'i siwmper ddu, ei llygaid wedi'u coluro'n ofalus a'r gwallt melyn yn grych o gwmpas ei phen.

Cododd merch arall oddi ar y soffa, gan wasgu stwmp ei sigarét i'r blwch. Un fyrrach na Wendy oedd hi, fymryn yn dewach, a'i gwallt yn syth ac yn frown. Eto, o ran osgo, roedd rhyw debygrwydd rhyngddynt.

'Mi a' i, 'te, Wendy. A mi a' i â'r fideos 'ne'n ôl i ti hefyd. Wela i di'n nes 'mlaen.'

Cyn mynd allan, trodd at Harry.

'Dw i'n falch ych bod chi'n gwrando ar Charmaine. Ma' fo'n gywilyddus, be ma'r titsiars ma'n 'i neud.'

Clywodd Harry y ddwy'n sisial wrth y drws ffrynt cyn i Wendy ddod yn ei hôl.

'Fy chwaer oedd honna. Mae hi'n meddwl y byd o Charmaine.'

Rhoddodd Harry ei law i gwpanu un glust. Dyna'i ffordd arferol o ofyn am i'r teledu gael ei ostegu. Trodd Wendy y sŵn i lawr heb ddiffodd y set. Eisteddodd ar y soffa. Cynigiodd Harry sigarét iddi cyn eistedd ar y gadair gyferbyn.

'Wel, diolch i chi am adel i mi ddŵad i'ch gweld chi ar fyr rybudd fel hyn. A chyn i mi fynd gam ymhellach, ga i ddiolch yn fawr i chi am ddŵad â'r mater yma i'n sylw ni. Fel 'dech chi'n gwbod, mae'r NSPCC yn rhoi pwys mawr ar wrando ar blant. Mae 'ne gymint ohonyn nhw wedi diodde dros y blynyddoedd am fod neb yn 'u credu nhw pan fyddan nhw'n deud 'u bod nhw 'di cael 'u cam-drin. Mae'n rhaid bod gynnoch chi berthynas dda iawn hefo Charmaine iddi ddeud wrthoch chi be oedd wedi digwydd. 'Den ni, wrth gwrs, yn hollol ddibynnol ar yr wybodaeth 'den ni'n 'i chael, ac mi 'den ni'n gwerthfawrogi'r help yn fawr iawn.'

Rhagymadrodd oedd hwn oedd wedi bod yn ddefnyddiol i Harry lawer tro. Am ei fod yn gallu'i ailadrodd fel pader, câi gyfle i edrych o'i gwmpas a dechrau hel cefndir ar gyfer ei gofnodion. Sylwodd ar y llun mawr uwchben y tân nwy, y llun cyfarwydd gan Trechnikov o'r ferch â'r llygaid almon. Sylwodd ar addurniadau bach tsieni ar bob silff, portreadau o fythynnod bach y rhan fwyaf, ond ambell aderyn, llwynog neu gwningen hefyd. Gwelodd y set deledu ddiweddaraf, y peiriant fideo a'r dec i chwarae tapiau. Roedd y llenni net gwyn, y tu mewn i'r *chintz* blodeuog, yn lân fel popeth arall, ac yn rhoi awgrym o ysgafnder i ystafell oedd fel arall yn orlawn ac yn tueddu i fod yn blysh.

Cafodd ei ragymadrodd, fel y disgwyliai, effaith arall.

Creodd gytgord cryf rhyngddo a Wendy Woods, ac yn y mwg heddychlon a weai o'r ddwy sigarét fe setlodd y ddau i lawr i drafod y cyhuddiad yn erbyn John Williams.

'Doeddwn i rioed wedi gweld—y—Mr Williams cyn diwrnod y trip, achos wrth gwrs newydd ddechre yn 'rysgol mae Charmaine. Ond pan ddaeth o i ddeud wrtha i bod Charmaine 'di glychu'i hesgid, mi ges i ryw deimlad rhyfedd. Oedd 'na rwbeth, wel, wn i ddim, ddim cweit yn *iawn*, os 'dech chi'n gwbod be dw i'n feddwl. Alla i ddim rhoi fy mys arno fo, ond ma' gin fam ryw reddf mewn pethe fel'ne, 'dech chi ddim yn meddwl? A do'n i ddim yn licio'r sôn yma am gocyn coch o gwbl. Doedd o ddim yn swnio'n neis iawn i mi.'

Roedd sylw astud Harry yn galondid.

'Ddeudodd Charmaine rwbeth?'

'Naddo, ond wedi i ni gychwyn adre, mi aeth hi'n ddistaw iawn. A dydi hynny ddim 'run fath â hi. Wnâi hi ddim deud sut oedd hi 'di colli'i hesgid, na dim byd. Mi wnes i roi sane glân iddi, a rhoi'i the iddi, ac mi gafodd fideo newydd. Ond o'n i'n poeni. Dydw i ddim yn meddwl 'i fod o'n iawn, wir, bod y dynion titsiars yn mynd â'r plant bach ar y trips 'ma. Ma' gin blant yr oed yna isio merched o'u cwmpas nhw, yn does, rhag ofn? Taswn i 'di gwbod, faswn i ddim 'di gadel iddi fynd.'

Cofiodd Harry ei fod yntau'n ddyn ac yn ymwneud â phlant bach, felly siaradodd yn ochelgar:

'Gawsoch chi fwy o sgwrs hefo hi y noson 'no?'

'Wnâi hi ddim deud dim byd. Mi dries i wedyn wrth 'i rhoi hi yn 'i gwely, ond wnâi hi ddim ateb. Roedd hi'n mynnu cael stori. Mi fydda i'n darllen stori iddi hi bob nos, wrth gwrs. Dw i'n meddwl 'i fod o'n bwysig iawn, 'dech chi? Mae hi wrth 'i bodd hefo llyfre. Ond y noson honno mi oedd hi'n gofyn am un stori ar ôl y llall, a gorfod i mi ddarllen tair iddi! A wedyn dene fi'n deud, "dim chwaneg o storis nes deudi di wrth Mami be sy 'di digwydd". A wedyn dene hi'n dechre crio, a chrio'i hun i gysgu ddaru hi.'

''Dech chi'n deud yr hanes yn glir a gofalus iawn, os ca i ddeud. Mae hynny'n help i mi. Dydd Mawrth oedd hynna i gyd, yntê? Fedrwch chi ddeud be ddigwyddodd drannoeth?'

'Roedd hi'n ddistaw iawn ar y ffordd i'r ysgol. Ac mi ofynnes i iddi, "Wyt ti'n siŵr dy fod ti'n iawn yn mynd i'r ysgol? Elli di ddeud wrth Mami, 'sti. Dim isio i ti fod ag ofn." Dw i isio iddi deimlo y meder hi ddeud pob peth wrtha i. Dene ydi bod yn fam, yntê? Ond roedd hi fel tase hi'n methu deud dim byd. Mi redodd yn sydyn am ddrws yr ysgol, ac anghofio'i bag, a gorfod i mi'i galw hi'n ôl. Ac mi gipiodd y bag a rhedeg.

'Wel, ellwch chi feddwl sut o'n i'n teimlo. Mi fues i'n poeni drw'r dydd. Mi ddeudith fy chwaer wrthoch chi. Mi es i i ddeud wrthi hi, achos do'n i ddim yn gwbod be i'w neud, a mae o'n help weithie, yn tydi, i fynd dros bethe o'r dechre? Ac wrth i ni'n dwy roi'n penne wrth 'i gilydd, mi ddaethon ni i weld mai cael y cocyn coch ma' oedd wedi gneud y drwg. A mi 'nes i benderfynu bod raid i mi'i chael hi i ddeud wrtha i.'

'Da iawn chi. A sut oedd Charmaine ar ôl yr ysgol?'

'Roedd hi'n iawn nes y baswn i'n dechre sôn am y diwrnod cynt. Mae'n wyrthiol sut mae plant yn medru taflu pethe o'u cof, yn tydi? Ond gynted ag yr o'n i'n 'i hatgoffa hi am y peth, roedd hi'n troi i ffwrdd a ddim isio gwbod. Wedyn, wnes i ddim sôn gair nes oedd hi yn

41

'i gwely. Dw i 'di dysgu drwy brofiad mai dene'r ffordd ore i ddŵad i wbod pethe. Ac mi o'n i'n iawn. Mi ddeudes i na châi hi 'run stori o gwbl nes cawn i wbod y gwir. Ac felly y doth y stori allan.'

'Dwed ti hanes y cocyn coch 'ma wrth Mami, rŵan. Dw i'n gwbod nad wyt ti ddim yn licio deud, ond elli di ddeud wrtha i, yn gelli? Dw i'n addo i ti, cheith neb neud dim byd drwg i ti yn yr ysgol. Ddaru ti ddim gofyn i Mr Williams dy gario di, naddo? Faset ti byth yn gneud hynny, na faset?'

'Na, fo ddudodd—chos—fedrwn i'm rhoi 'yn esgid.'

'Oeddet ti'n gwbod be oedd cocyn coch? Ddaru ti ddychryn?'

'O'n i'm yn gwbod.'

'Wel, ddaru ti ofyn?'

'Ddaru Mandy ofyn.'

'A be ddeudodd Mr Williams?'

'Cael *carry*. Cael *piggy-back*.'

'A be nath Mr Williams wedyn? Ddaru o dy godi di ar 'i gefn?'

'Ddaru mi neidio dipyn bach. Mami, ga i ddiod?'

'Yn y munud. Ar ôl i ti ddeud wrth Mami be nath Mr Williams i ti. Ddaru o afel yn dy goese di?'

'Naddo—do—Mami, dw i isio diod.'

'Yn y munud. Dwed ti wrth Mami gynta.'

Dechreuodd Charmaine grio. Gwasgodd Wendy hi'n dynn. Cusanodd y cyrls brown. Aeth ei llais yn fwy o sibrwd cyfrinachol.

'Ddaru o dy dwtsiad di? W'st ti, ddaru o roi'i law yn dy nicyrs di? Do?'

Agorodd Charmaine ei llygaid yn fawr. Trodd i

gladdu'i hwyneb yn y gobennydd. Yn y snwffian a'r igian crio roedd yna ryw air bach tebyg iawn i 'do'.

'Dene ti, cariad. Ti 'di bod yn hogan dda i ddeud wrth Mami. Mi a' i i nôl diod i ti. Ne faset ti'n licio lolipop?'

Pan ddaeth Wendy 'nôl hefo'r lolipop roedd Charmaine yn cysgu.

VII

Lle rhyfedd iawn oedd y tŷ y bore dydd Llun hwnnw. Doedd John ddim yn cofio bod gartref ar ei ben ei hun yn ystod oriau ysgol erioed o'r blaen. Roedd y gwacter a'r distawrwydd yn bwysau arno. Daeth yn ymwybodol o hymian isel y bwyler nwy, ac o'r oergell yn gwneud sŵn ffrwtian o dro i dro. Tawel oedd y clos hefyd, wedi i'r plant i gyd fynd i'r ysgol a'u rhieni i'w gwaith. Teuluoedd dwy swydd oedd ymhob tŷ, a doedd dim mynd a dod yn ystod y dydd. Ar ben y teimlad o ddieithrwch, cafodd ymdeimlad fod popeth o chwith, nad fel hyn y dylai pethau fod, ac mai arno ef yr oedd y bai. Dyma, meddyliodd, sut y bydd plentyn yn teimlo pan fydd pawb yn flin o'i gwmpas ac yntau heb ddeall pam. Euogrwydd annelwig, disynnwyr. Byddai'n rhaid iddo fynd i rywle i anadlu.

Aeth i'r llofft i newid i'w ddillad loncian. Rhoddodd allwedd y drws cefn yn ei boced ac aeth ar hyd y llwybr bach y tu ôl i'r gerddi nes cyrraedd y ffordd oedd yn arwain allan o'r dref. Dechreuodd redeg. Rhedodd ar y palmant nes iddo adael y tai ar ôl, yna trodd i ffordd gulach i ddringo allt serth. Symudodd i ganol y ffordd i osgoi'r dail melyn tamp ar yr ochrau. Arafodd wrth basio ff_erm lle'r oedd olion gwartheg wrth iddynt groesi'r ffordd fore a nos i'w godro. Dechreuodd y ffordd droi fel corcsgriw i ddringo'r bryncyn, a daliodd yntau i ddringo a'i bengliniau'n mynd yn nes at y llawr bob munud. Clywodd sŵn tractor y tu ol iddo, ac aeth at y gwrych, yn falch o esgus i gael ei wynt ato.

'S'mai?'

Be ma' hwnne'n feddwl ydw i, tybed? Meddwl 'y mod i allan o waith, ma'n siŵr. Ella 'mod i, o ran hynny.

Daliodd i redeg nes dod at yr hen gapel. Yma y byddai'n arfer troi'n ôl pan fyddai'n ymarfer rhedeg ar gyfer yr hanner marathon yn y gwanwyn. Roedd rhyw deimlad o fodlonrwydd o gwmpas y lle, cof am nod wedi'i chyrraedd. Prin y gallai redeg na chael ei wynt erbyn hyn, a chychwynnodd i lawr yr allt ar gerdded. I lawr y corcsgriw, a heibio i'r fferm. Cafodd beth o'i wynt yn ôl, a dechreuodd redeg eto. Erbyn cyrraedd y dref, roedd ei goesau fel plwm, a'i feddwl yn wag o bopeth ond ei flinder. Daliodd ati i redeg fel pyped. Taflodd ei hun drwy giât cefn yr ardd a disgynnodd ar ei eistedd ar fflagiau'r patio gan dynnu'i anadl fel ci ar ddiwrnod poeth.

Doedd ganddo mo'r amynedd i aros yno'n hir. Roedd yn dal i bwffian wrth godi a mynd i agor y drws cefn i'r tŷ. Wrth iddo roi'r agoriad yn y drws, daeth dyn ifanc o amgylch ochr y tŷ o'r ardd ffrynt.

'Ditectif-Sarjant Richard Jones. Oes posib cael gair?'

Doedd gan John mo'r anadl i ateb. Agorodd y drws a'i adael ar agor. Daeth y plisman i mewn a merch ifanc ar ei sodlau.

'Gwen Hughes, o'r Gwasanaethau Cymdeithasol.'

Eisteddodd y tri wrth fwrdd y gegin.

''Dech chi'n gwbod pam 'den ni yma, mae'n siŵr?'

'Dwi'n gwbod bod 'ne ymchwiliad. Dwi *ddim* yn gwbod be 'di'r cyhuddiad, a mi liciwn i ga'l gwbod hynny. Ma' gin i hawl, does bosib?'

'Ma'r NSPCC wedi cael cwyn gan fam un o'r plant yn Ysgol Pen-rhiw. Mi liciwn i gael sgwrs. Fasech chi'n fodlon dŵad i lawr i'r stesion?'

''Dech chi'n fy restio fi? Os ydech chi, ma' *raid* i mi gael gwbod . . .'

'Na, na. Sgwrs, dene'r cwbl. Isio cael at y gwir. Ond ma' hi'n haws yn y stesion. Haws cadw tâp. 'Den ni'n gorfod bod mor ofalus—'dech chi'n dallt hynny.'

'Ia, wel, os oes rhaid. Siawns na cha i wbod y cyhuddiad, beth bynnag? Ond dwi am ichi ddallt nad ydw i ddim wedi gneud dim byd o'i le.'

Ddangosodd yr un o'r ddau eu bod wedi clywed.

'Ia, wel fedra i ddim dŵad fel hyn. Mi a' i i ga'l cawod.'

Pan ddaeth i lawr y grisiau, roedd y ddau yn y lolfa ac wedi tynnu albwm lluniau oddi ar y silff lyfrau. Roedden nhw'n edrych ar lun o Marian yn flwydd oed yn chwarae mewn pwll padlo yn yr ardd.

'Chi dynnodd y llun yma?'

'Nage, 'y ngwraig, fel mae'n digwydd. Be 'dech chi'n trio'i brofi?'

Dim ateb. Rhoddodd y plisman yr albwm yn ei ôl yn daclus. 'Awn ni, 'te?'

VIII

Roedd John wedi bod mewn stafell gyf-weld unwaith o'r blaen, yn gwneud datganiad ynghylch lladrad yn yr ysgol. Cofiai am y moelni. Bwrdd plaen, cadeiriau plaen, waliau plaen. Dim byd i wahodd sylw, unlle i'r llygaid ddianc. Dim llenni hyd yn oed. Dim ond y recordiwr tâp ar y bwrdd, yn gwneud dyn yn nerfus.

Y ditectif-sarjant oedd yn holi. Eisteddai Gwen Hughes wrth ben pellaf y bwrdd, a safai cwnstabl wrth y drws.

'Ga i gadarnhau eich manylion chi gynta? Enw llawn . . . dyddiad geni . . . cyfeiriad . . . gwaith . . .? Ac ers faint 'dech chi'n briod? Priodas anhapus?'

Aeth pen John yn ôl mewn fflach o ddicter.

'Ddim o gwbwl. Pam, be 'dech chi'n awgrymu? A *be* 'di'r cyhuddiad? Beth bynnag ma'r eneth 'ne 'di ddeud, 'sdim posib bod gynno fo ddim byd i'w wneud hefo 'ngwraig i!'

'Pa eneth?'

Gwelodd John ei berygl.

'Chi sy'n deud 'ch bod chi wedi cael cwyn. 'Sgin i ddim syniad be ydi o, ac oes na ddudwch chi wrtha i, mi ga i gyfreithiwr!'

'Ddown ni at hynny. 'Dech chi'n dŵad ymlaen yn dda efo'ch gwraig, felly? A 'dech chi'ch dau'n licio tynnu llunie o'ch plant? Llunie noethlymun?'

'Nach'den siŵr.'

'O? Pwy oedd y plentyn yn y pwll padlo felly? Ydech chi'n tynnu llunie noethlymun o blant pobol erill?'

'Nach'den. Ia, 'yn merch ni sy'n y llun welsoch chi— heb ofyn gaech chi chwilota chwaith! A be 'di'r mater efo'r llun? Does 'ne lot o bobol yn tynnu llunie fel'ne o'u plant!'

'Ddaru'ch rhieni chi dynnu llunie fel'ne o'noch chi?'

'Dwn i'm. Naddo, w'rach. Wel, roedd pethe'n wahanol amser 'no, yn doedden?'

'H'm. Ydi'ch rhieni chi'n byw yn agos?'

'Sir Fôn. Pam 'dech chi'n gofyn?'

'Dim ond trio cael dipyn bach o gefndir. 'Sgynnoch chi wrthwynebiad, rwbeth 'dech chi ddim am i ni wbod?'

'Wel, nac oes, ond dwi'm yn gweld . . .'

'Mi ryden ni'n ymholi i achos o gam-drin rhywiol, ac mi fase'n dda gynna i tasech chi'n cydweithredu â ni.' Roedd y geiriau 'cynorthwyo'r heddlu gyda'u hymholiadau' yn atsain yn yr ystafell.

''Sgynnoch chi frodyr a chwiorydd?'

'Dim brodyr. Tair chwaer.'

'Hŷn na chi?'

'Na. Fi 'di'r hyna.'

'O. Felly, 'dech chi wedi arfer efo lot o ferched? Wedi tyfu i fyny hefo tair o 'nethod? Oeddech chi'n rhannu llofft hefo un o'ch chwiorydd?'

Er ceisio pwyllo, roedd John yn gwylltio fwy wrth bob ensyniad.

'Ylwch, dene ddigon. Dwi'm 'di gneud dim byd, a dwi'm yn gweld bod gynnoch chi hawl . . . sgwrs, ddeudsoch chi? Holi budur dwi'n galw hyn.'

''Di hyn yn ddim byd. Ond ia, olreit, olreit. Ddown ni at hanes dydd Mawrth dwetha. Rŵan, mi aethoch chi â dosbarth o blant ar drip . . . ac mi roedd Charmaine Woods yn eu plith nhw?'

'Oedd.'

'A be ddigwyddodd?'

47

'Be ma' *hi*'n ddeud?'

'O, na. Ni sy'n gofyn y cwestiyne. Deudwch chi wrthon ni yn union be ddigwyddodd rhyngthoch chi a Charmaine.'

'Dim byd *rhyngthon* ni, fel basech *chi*'n meddwl. Yr unig beth ddigwyddodd iddi hi, yn wahanol i'r plant erill, oedd 'i bod hi 'di colli'i hesgid, ac mi garies i hi'n ôl i'r bws. Wn i'm 'di hi 'di gneud rwbeth o hynny, ond alla i'm meddwl am ddim byd arall.'

'Reit. Awn ni dros hynne'n fanwl, i'w gael o'n glir. Rŵan, be ddigwyddodd ar ôl iddi hi golli'i hesgid? Sut cawsoch chi wbod?'

'Oedd hi'n crio.'

'Ac mi aethoch chithe i'w chysuro hi?'

'Mi es i i ga'l gwbod be oedd y mater. Ac mi ges i hyd i'r esgid, ond roedd hi'n wlyb ac yn fudur. Ac mi garies i Charmaine yn ôl at y bws.'

'Ara deg rŵan. Ddaru hi ofyn am gael 'i chario?'

'Wel, naddo, ond . . . wel, fedre hi ddim cerdded heb esgid.'

'A be ddudsoch chi wrthi? Yr union eirie, plîs.'

'Alla i ddim bod yn siŵr. Rhwbeth fel, "hidia befo, gei di gocyn coch gin i".'

'Cocyn coch? Be 'di hwnnw?'

'Hen air am gario rhywun ar ych cefn.' Roedd John yn dechrau teimlo fod y stori'n magu blas drwg, fel jôc briddlyd. Nid felly oedd y trip wedi bod ar y diwrnod.

'A sut ddaru chi'i chodi hi ar 'ch cefn?'

'Ddaru mi blygu, a deud wrthi am neidio ar 'y nghefn i, a rhoi'i breichie rownd 'y ngwddw fi, yn lle'i bod hi'n syrthio. Oedd 'ne rwbeth o'i le ar hynny?' Ni chymerodd y ditectif unrhyw sylw o'r cwestiwn.

48

'A phwy arall welodd hyn yn digwydd?'

'Oedd y plant erill i gyd yno. Oedden nhw'n cael hwyl.'

'O, oedden nhw?' Rhoddodd y plisman gilwg ar Gwen Hughes, i awgrymu bod yna le i holi'r plant. 'A sut ddaru chi 'i setlo hi ar 'ch cefn?'

'Wel, 'nes i ddim ond gafel ynddi a'i thynnu hi yn ei blaen dipyn, nes ces i'r balans. Be mae hi'n ddeud?'

'Lle ddaru chi afel ynddi?'

'Yn 'i choese, sut arall fedrwn i?'

'Ble ar 'i choese hi? Dan 'i phen-glinie, ne ar 'i chlunie?'

'O, dwi'm yn cofio. Do'n i'm yn meddwl am y peth, nag o'n? Cwbl o'n i'n drio'i 'neud oedd 'i cha'l hi'n ôl i'r bws.'

'Ond mi *roedd* rhwbeth arall ar 'ch meddwl chi, yn doedd?'

'Nac oedd . . . be?'

'Mi ddaru chi neud mwy na'i setlo hi ar 'ch cefn, yndo? Mi ddaru'ch dwylo chi gripio'n ara deg i fyny'i chlunie hi, ac mi ddaru chi roi'ch bysedd tu fewn i'w nicyrs hi.' Roedd y llais yn miniogi erbyn hyn. 'Mi ddaru chi, yn do? *Dene* pam oeddech chi mor barod i roi—be ddudsoch chi—cocyn coch iddi hi?' Pwyslais ar bob gair, yn mynnu cadarnhad.

Agorodd John ei geg i wneud rhyw sŵn hanner ebychiad, hanner chwerthin.

'*Dene* be ma'i 'di ddeud, ia? Wnes i ddim byd o'r fath, siŵr iawn!'

''Dech chi'n deud bod Charmaine yn deud clwydde, 'te?'

Torrodd Gwen Hughes ar draws y sgwrs.

''Di plant yr oed yna ddim yn deud clwydde, Mr Williams.'

'Dwn i ddim be ma' hi 'di'i ddeud, ond dwi'n gwbod na 'nes i ddim byd iddi. Yr argol fawr! I be faswn i'n gneud peth mor dwp?'

'W'rach 'ch bod chi wedi'i neud o heb feddwl?'

'Na, faswn i ddim! A faswn i ddim yn meddwl peth mor fochynnaidd am neb arall chwaith! 'Dech chi'n mynd i gredu pobol s'gin feddylie fel carthbwll? Mi fynna i iawn am hyn, rywsut neu'i gilydd.'

'Cyfweliad ar ben, 2.45 p.m.' Diffoddwyd y peiriant recordio. Er cymaint ei ryddhad, teimlai John awydd chwithig i ddal ati i geisio tolcio mymryn ar olwg ddifater y plisman. Doedd ei wadu tanbaid ddim wedi cael rhithyn o effaith. Daeth Gwen Hughes at y bwrdd i'w rybuddio y byddai'r ymchwiliad yn parhau dan ofal yr NSPCC.

'Ga i fynd rŵan?'

'Cewch, am y tro. Gobeithio byddwch chi'n penderfynu bod yn fwy agored y tro nesa. Dene be fase ore yn y diwedd. Geiff y cwnstabl roi lifft adre i chi.'

'Dim *diolch*. Awyr iach s'gin i'i isio rŵan.'

Aeth allan a dechreuodd gerdded. Cerddodd heb fod yn ymwybodol o ddim, ond fod un goes yn mynd o flaen y llall. Sylweddolodd ei fod yn byw profiad yr oedd wedi darllen amdano lawer gwaith, cerdded otomatig fel cath wedi i'r athro bioleg roi nodwydd yn ei gwegil. Rywsut neu'i gilydd cafodd ei fod ar y ffordd adre. Yn y clos roedd ceir yn dadlwytho plant yn cyrraedd adre o'r ysgol. Lwc ei bod hi'n dechrau glawio a phawb yn gwneud am do. Rhedodd John i'r tŷ a disgyn ar y soffa. Pan ddaeth Beryl a'r plant adre, roedd yn cysgu'n drwm.

IX

Safodd Gwyn yn nrws y lolfa, ei lygaid yn fawr a'i wyneb yn dynn. Tebyg i'w fam oedd o o ran pryd a gwedd, gyda thrwyn eitha hir a gên gadarn. Byddai'n aml yn gwneud ystum fel ei fam hefyd, yn rhoi sbonc i'w ben wrth siarad a chwerthin. Heddiw, safai'n stond, a golwg bigfain ar ei wyneb, yn edrych yn ddryslyd ar ei dad yn ymystwyrian ar y soffa ymhell cyn amser gwely.

''Den nhw'n mynd â chi i'r jêl?'

Ceisio deffro yr oedd John, a chofio ble roedd o a beth oedd y cwmwl mawr du oedd o'i gwmpas. Yna cofiodd am ei gyfranc gyda'r heddlu, a'r lludded wedyn.

'Plismon? Jêl? Be ti'n ddeud?'

Roedd yn haws i Beryl ddyfalu pam oedd Gwyn yn gofyn.

'Pwy ddudodd 'u bod nhw'n mynd â Dad i'r jêl?'

'Tec. Wel, pawb yn 'rysgol. Dydyn nhw ddim, nach'dyn?'

'Nach'dyn, siŵr. Be arall ma' nhw'n ddeud yn yr ysgol?'

'Deud . . . wel, deud . . . deud bod Dad 'di gneud rhwbeth . . . rhwbeth drwg . . .'

'Paid ti â phoeni. Wnaeth dy dad di rioed ddim byd drwg i neb. Gei di ddeud yr hanes i gyd ar ôl te, ac wedyn gawn ni weld be ddylet ti'i ddeud os cei di drafferth eto.'

Ond roedd Gwyn yn dal i edrych heibio i'w fam at ei dad.

''Di'r plismon yn mynd i ddŵad i'ch nôl chi?'

'Nach'di. Dwi 'di bod yn siarad efo'r plismon, ac wedi deud wrtho fo na wnes i ddim byd. Dydyn nhw ddim yn mynd â phobol i ffwrdd os nad ydyn nhw wedi gneud rhwbeth, w'sti.'

Deallodd Beryl fod cyfweliad wedi bod.

'Gwyn, rho'r teledu ymlaen. Geith Marian ddŵad atat ti gynted bydd hi 'di molchi'i hwyneb. Mae hi'n baent i gyd.'

Wedi cau'r drws ar y plant, meddai wrth ei gŵr, 'Be ddigwyddodd, 'te? Gest ti'r *third degree*?'

Cyn iddo ateb, canodd y teliffon. Safodd y ddau law yn llaw wrth y ffenest a chododd Beryl y derbynnydd oddi ar y wal.

'Ydi Mr Williams adre, os gwelwch chi'n dda?'

'Pwy sy'n siarad?'

'Andy Walters ydi f'enw i. Alla i gael gair hefo Mr Williams?'

'Dydi Mr Williams ddim ar gael ar hyn o bryd. Ydi o'n ych nabod chi?'

'Gohebydd ydw i. Dwi'n siŵr y base Mr Williams yn falch o gael gair hefo fi, os ydi o adre. Mi alla i fod yn lot o help iddo fo.'

'Does gan Mr Williams ddim byd i'w ddweud.'

'Hwyrach nad ydi o ddim adre? Ydi o'n helpu'r heddlu hefo'u hymholiadau?'

Rhoddodd Beryl y ffôn i lawr yn glep. Cafodd amser i afael yn dynn yn John cyn i'r ffôn ailddechrau'i ddadwrdd. Yn lle codi'r derbynnydd, rhoddodd ei llaw arno i'w sodro yn ei le.

'Dwed wrtha i'n reit handi be sy 'di digwydd, i mi ga'l gwbod be i'w ddeud.'

'Dwi 'di bod yn y stesion. Cael fy holi. Fedran nhw ddim profi dim byd.'

Roedd y ffôn yn dal i bwnio'i glochdar i'w pennau. Y tro yma, roedd Beryl yn siarpach o lawer.

'Dim byd i'w ddweud. *Diolch* . . . O, Mam, chi sy 'ne. Sori. *Sori.* Mae'n wir ddrwg gynna i. 'Dech chi 'di clwed, debyg? Yndi, mae o wedi'n hitio ni, dim sens yn y peth o gwbl. A 'den ni'n cal dim llonydd gan fois y cyfrynge. Dwi'm 'di ca'l siawns i siarad efo John, na rhoi te i'r plant na dim byd.'

Roedd Gwyn wedi methu cadw i ffwrdd ac wedi agor y drws o'r lolfa, a John yn sefyll ar ganol llawr y gegin yn ceisio rhoi sylw iddo ond yn methu dweud dim.

'Ylwch, Mam, well i mi fynd rŵan. Na, peidiwch â phoeni amdana i. 'Den ni'n pedwar yn iawn. Does neb yn mynd i gael sterics. Be 'den ni'n mynd i neud rŵan ydi tynnu'r ffôn 'ma oddi ar 'i fachyn, a pheidio ag ateb y drws, nes bydd y plant yn 'u gwelye a John a finne 'di cael 'n gwynt aton. Wedyn mi wna i'ch ffonio chi. Olreit?'

Eisteddai Gwyn yn ddistaw uwchben ei blataid o dost a ffa pob, a doedd dim plesio ar Marian. Wedi cynnig selsig, wy sgrambl a bysedd pysgod iddi, rhoddodd Beryl frechdan gaws i'r fechan. Ac wedyn doedd dim posib ei brysio i'r gwely.

'Tedi isio 'nhau dannedd.

'Isio pyjamas glas, ddim rhein.

'Isio doli glwt.'

O'r diwedd, caeodd y llygaid, ac aeth y bawd i'r geg.

Ond bob tro y codai Beryl i fynd i lawr y grisiau, dyna'r llygaid yn agor a llais bach yn mwmian. Galwodd Beryl ar John ac eisteddodd y ddau ynghlwm wrth ei gilydd ar lawr y llofft fach, yn ysu am gael siarad ond yn ofni sibrwd.

Pan gysgodd Marian o'r diwedd, cripiodd y ddau i lawr y grisiau ac anelu am y gegin, gan gau'r drws i ddistewi sŵn y gloch oedd yn dal i swnio o'r ffrynt o bryd i'w gilydd. Er bod llenni'r lolfa wedi eu cau, gallent synhwyro bod yna fynd a dod heibio i'r ffenest at ddrws y tŷ. Heblaw hynny, teimlent ryw reddf yn gwneud iddynt dwrio i'r cefn fel anifail i'w wâl. Gorweddai'r teliffon ar sil y ffenest yn gwneud sŵn taglyd bob hyn a hyn. Taenodd Beryl swp o bapurau newydd drosto.

'Wyt ti'n barod i ddeud yr hanes, 'te?'

Edrychodd John ar y bwrdd a'r gadair lle buasai'r ditectif-sarjant yn eistedd yn y bore. Faint o oriau'n ôl oedd hynny? Teimlai fel wythnos.

'O leia, dwi'n gwbod rŵan be 'di'r cyhuddiad. O'n i'n iawn mai'r reid ar 'y nghefn i oedd y trwbl. Ma' nhw'n deud 'mod i wedi'i hogles hi y tu fewn i'w nicyrs.'

Beth oedd yr olwg ar wyneb Beryl? Cydymdeimlad, diflastod, sioc? Un o drafferthion John wrth ddweud yr hanes oedd y teimlad o gyffwrdd â budreddi, fel cael hyd i hen ffowlyn drewllyd mewn bin sbwriel, a theimlo awydd i daro'r caead yn ôl yn glep. Gwyddai hefyd y byddai Beryl yn teimlo mwy o ddiflastod fyth.

'Sut mae pobol yn medru meddwl fel yna? Ydyn nhw'n byw mewn tomen dail, neu be? Ond dene'r cwbl?'

'Ia, am wn i. Wyt ti'n meddwl gallan nhw fod yn cadw rhwbeth yn ôl? Ond be arall alle 'ne fod? Ma' hynna'n ddigon, Duw a ŵyr!'

'Yndi, siŵr, ond fedran nhw mo'i brofi o, na fedran?'

'Na fedran, ond fedra i ddim profi na ddaru mi ddim, chwaith.'

Bu'r ddau'n dawel am dipyn.

'Sut argraff gest ti, 'te? Oedden nhw'n gas?'

'Roedd o'n brofiad 'sgynna i byth 'i isio eto, mi alla i ddeud hynny wrthat ti. Doedden nhw ddim yn *annheg*, am wn i; ond roedden nhw'n gneud hen ensyniade hyll o hyd. Mi oedd y peth mor fudur, rywsut. Erbyn meddwl, dwi'n gallu gweld be oedden nhw'n neud. Roedden nhw'n pwnio gymint ag y medren nhw arna i, a gweithio i fyny at y cyhuddiad, i edrych faswn i'n cracio, debyg.'

'Ond ddaru ti ddim.' Dweud wnaeth Beryl, nid gofyn.

'Naddo, siŵr. Peth mor hurt! Ond mi o'n i fel jeli oer tu fewn. A doedd gwadu'n ca'l dim effaith arnyn nhw o gwbwl. Doedden nhw ddim fel petasen nhw'n clywed. Be ma' dyn dieuog i fod i'w neud, heblaw gwadu?'

'Ia. Be sy'n mynd i ddigwydd rŵan, 'te? Ddudson nhw rwbeth?'

'Ymchwiliad NSPCC. Alla i ddim meddwl sut beth fydd hynny. Deud y gwir, alla i ddim meddwl o gwbwl. Bob ffordd ma'n meddwl i'n mynd, ma' 'ne ryw fwgan mawr o 'mlaen i. Chdi 'di'r unig gysur sy gin i.'

'Mi ddown ni trwyddi, w'st ti. Ryw bryd. Ond ma' 'ne un peth ma'n rhaid i ni 'i neud heno. 'Nes i addo ffonio Mam. A ma'n siŵr y bydd Dad isio gneud rhwbeth i helpu.'

'Wn i ddim fedra i siarad hefo neb, 'sti.' Ceisio hel geiriau yr oedd o i ofyn i Beryl faddau iddo am ei

55

thynnu hi i'r helynt, ond roedd arno ofn ymddiheuro am ddim byd i neb, rhag ofn cydnabod euogrwydd.

'Mam? Ia. Sori am y tro o'r blaen. Ma'r plant yn 'u gwelye rŵan. Yndyn, wel, mae o fel daeargryn. 'Di Marian ddim yn dallt be 'di'r helynt, ond roedd rhyw hogie gwirion wedi dychryn Gwyn yn yr ysgol.

'Na, wyddon ninne ddim llawer chwaith, dim ond be ddudodd y plismyn wrth John heddiw. Yndi, ma'r peth yn hollol ddychrynllyd. Na, mi wna i'ch ffonio chi, achos dwi'm yn meddwl y bydd 'yn ffôn ni ar 'i fachyn ryw lawer. 'Sgin Dad isio siarad efo John?'

'John, 'dech chi mewn dipyn o helynt?' Llais dwfn, cyfoethog, awdurdodol.

'Ydw, mae arna i ofn. Rhyw eneth fach wedi gneud cyhuddiad.'

'A be 'dech chi wedi'i neud hyd yma i'ch amddiffyn ych hun?'

'Ffonio'r Undeb peth cynta. Does fawr o ddim arall fedra i 'i neud, gan na cha i ddim siarad efo neb.'

'H'm. Glywes i fod yr heddlu wedi'ch holi chi? H'm. Wel, drychwch, John. Mi ga i air hefo Thomas y twrne bore fory. Ond cyn i mi wneud hynny, dwi am ofyn un peth i chi; mae gynna i ddyletswydd dros Beryl i ofyn i chi—*ddaru* chi neud rhwbeth o gwbwl i'r eneth fach 'ne?'

Allai John ddim dioddef mwy. Yng ngwaelod ei fod, yr oedd ofn condemniad teulu Beryl fel tân gwyllt ar fin ffrwydro. Bloeddiodd i lawr y ffôn:

'*Naddo! Naddo!* Ydi pawb 'di mynd yn hollol boncyrs yn y byd 'ma?' Rhoddodd y ffôn yn ôl i Beryl.

'Well i ti siarad hefo dy dad. Dwed 'i bod hi'n arw

gynna i. Dwi'm ffit i siarad hefo neb heno. *Sori*, uffern dân, sori!'

X

'Gewch chi'ch dau 'ch te yn y gegin efo'ch gilydd.'

Rhoddodd mam Tec ddau blataid o selsig a sglodion ar y bar brecwast pin. Roedd Gwyn fymryn yn hŷn na Tec, a'r ddau'n ffrindiau, nid yn gymaint am eu bod nhw wedi dewis ei gilydd, ond am fod y ddau deulu'n ffrindiau. Roedd y gegin hon bron mor gyfarwydd i Gwyn â'r un gartref. Eisteddodd ar y stôl uchel wrth y bar, gan roi pwt bach i Paddy, y ci labrador.

'Cer o 'ne, Paddy. Rwyt ti'n gwbod na chei di ddim bwyd gin yr hogie.'

Siarad yn gellweirus roedd Mair, mam Tec, gan wybod yn iawn y byddai yna friwsion selsig yn glanio ar y llawr teils plastig gwyrdd cyn bo hir.

Roedd Mair yn ferch ddeniadol ac annwyl. Er nad oedd yn dew, roedd ei chroen yn llifo'n llyfn ac yn grwn dros ei chnawd, a'i llygaid brown yn toddi fel rhai sbangi. Doedd dim modd esbonio'r cyfeillgarwch oedd wedi ffrydio yn y cyfarfod cyntaf rhyngddi hi a Beryl, dim ond bod gwydnwch honno'n destun edmygedd i Mair, a goddefgarwch Mair ar y llaw arall yn cynnig ymgeledd i Beryl. Beth bynnag, roedden nhw'n ddigon clòs i Mair allu gwahodd Gwyn i de ynghanol yr helynt, ac i Beryl fod yn ddiolchgar.

Y funud yma, meddwl am Gwyn yr oedd Mair, a dyfalu sut y byddai'n ymdopi. Roedd yn bwyta braidd

57

yn frysiog, ac yn traethu wrth Tec ynghylch rhagoriaethau Man U.

'Ma' Dad yn deud na 'sgin Wrecsam ddim siawns mul yn 'u herbyn nhw.'

''Di dy dad . . .' Tawodd Tec yn sydyn. Cawsai siars gan ei dad a'i fam nad oedd i holi dim ar Gwyn, nac i sôn gair am y corwynt o straeon oedd yn chwyrlïo drwy'r ysgol. Y funud yma roedd ei wyneb yn bictiwr o hogyn bach newydd ddweud gair hyll yng ngŵydd ei brifathro. Ciledrychodd ar ei fam, ond troi'r stori wnaeth hi.

'Fuest ti yn y Cae Ras erioed, Gwyn? Wyt ti jest yn ddigon hen i gael mynd, yn dwyt? A chdithe'n dallt cymint ar bêl-droed. W'rach base fo'n neis i ni i gyd gael trip i Wrecsam ryw bnawn Sadwrn, os medrwn ni gael tocynne. Nid 'mod i'n addo dim byd, cofia. Mi fase raid i mi siarad hefo dy dad a dy fam.'

Teimlodd y gwaed yn codi i'w hwyneb. Wrth geisio tywys y sgwrs oddi wrth y teulu Williams, roedd hi'n dod yn ôl atyn nhw fel pìn at fagned. Heblaw hynny, doedd cynnig trêt arbennig i blentyn yn gwneud dim ond peri iddo amau fod yna ochr arall i'r geiniog, fel fferins ar ôl ffisig. Trodd y sgwrs i gyfeiriad arall.

'Be 'dech chi'ch dau am 'i neud ar ôl te? Fedrwch chi ddim chware pêl-droed yn y tywydd yma.'

'Mae tîms yn chware yn y glaw,' meddai Gwyn yn obeithiol.

'Ia, ond mae hi'n wynt hefyd, ac mi fydd y bêl yn mynd i bob man. 'Dech chi'm isio torri ffenestri, nac 'dech, ne fydd gynnoch chi ddim pres poced am amser hir. Well i chi aros yn y tŷ. Gewch chi fynd i'r tŷ gwydr, ond i chi beidio chware â dim byd peryg.'

'Gynnon ni goncyrs i chware efo nhw.' Gan fod Tec fymryn yn llai na Gwyn, a heb fod yn gystal pêl-droediwr, roedd o'n gymharol fodlon ildio. Roedd i'r tŷ gwydr ei swyn o newydd-deb hefyd. Estyniad oedd hi, yn ymestyn o gefn y lolfa i'r ardd, ond ar ongl sgwâr i'r gegin, a thair wal o wydr mewn ffrâm bren Gothig yn culhau i bwyntiau addurnol y to. Y tu mewn, roedd bwrdd a chadeiriau gwiail, a chlustogau patrymog, a *philodendron* mawr mewn padell bridd yn arwydd o bwrpas gwreiddiol y stafell. Anaml y byddai Tec yn cael caniatâd i chwarae yno. Ni allai ond meddwl bod ei fam yn gwneud ffafr anarferol â Gwyn.

O ffenest y gegin, gallai Mair weld bod y ddau wedi ymgolli yn y chwarae concyrs. Gadawodd i'r ci fynd atynt, a neidiodd Paddy ar un o'r clustogau gan edrych yn fyfyriol ar y gêm. Meddyliodd Mair am gael bathodyn dyfarnwr i'w roi ar goler yr hen gi. Ond na, gwneud sbort am ei ben fyddai hynny, a doedd dim eisiau cymell yr hogiau i wneud peth felly. Roedd hi'n braf eu gweld yn chwarae yno fel tri hen ffrind. Dechreuodd Mair fwmian canu wrth olchi'r llestri.

Yn reit sydyn, clywodd Paddy'n cyfarth. Drwy'r ffenest, gwelodd ei fod wedi codi ar ei draed ôl, ac yn amlwg wedi cyffroi. A Gwyn yn sefyll fel bocsiwr, yn chwifio'i ddyrnau, yn ysgwyd ei ben ac yn bytheirio i wyneb Tec. Tec wedyn yn edrych wedi dychryn am ei fywyd, yn cilio rhag Gwyn ac yn ceisio gwthio i'r un gadair â Paddy, a chuddio yn ei got flewog. Brysiodd Mair drwy'r lolfa atyn nhw.

'Be ar y ddaear 'di'r mater?'

Aeth Gwyn yn llipa, ac edrych ar ei draed. Tec oedd am ymesgusodi.

'Ddaru Gwyn . . .'

'Ia? Ddaru Gwyn be?'

'Oedd Gwyn yn mynd i'n hitio i.'

'Fedra i weld hynny, yn medra? Be dw i isio wbod ydi, *pam*? Dw i ddim yn wirion, 'sti. Un funud oeddech chi'ch dau'n chware concyrs fel hogie call, a'r peth nesa mae Paddy'n mynd o'i go a chi'ch dau yng ngyddfe'ch gilydd. Weles i rioed monoch chi fel hyn o'r blaen. Tec, ma' raid bod ti 'di gneud rhwbeth i Gwyn dy fwgwth di fel 'ne.'

Llyncu ei eiriau wnaeth Tec.

'Nesh-i'm-byd.'

I gadw'r ddysgl yn wastad, trodd Mair at Gwyn.

'Be haru ti, yn cynnig paffio fel 'ne? A Tec yn llai na chdi hefyd. Dw i 'di deud wrthoch chi o'r blaen—os 'dech chi isio bocsio, neith tad Tec ych dysgu chi. Dw i ddim am ga'l paffio yn y tŷ, wyt ti'n dallt? Drycha arna i!'

Pan gododd Gwyn ei ben, gwelodd Mair y geg grychlyd a'r dagrau. Ond allai o ddim sefyll o'i blaen. Gan fod Tec wedi hawlio cysur Paddy, doedd gan Gwyn unlle i fynd ond sil y ffenest ar wal yr ardd. Cythrodd i'r fan honno gan ymollwng i grio, a sŵn ei igian yn boddi sŵn y glaw.

Fedrai Mair ddim ond toddi. Aeth i roi ei hanwes yn dynn amdano.

'Be sy, 'ngwas i?'

'Tec yn deud clwydde. 'Di Dad ddim yn mynd i'r jêl. 'Di o ddim 'di gneud dim byd.'

'Nach'di siŵr. Hidia di befo, Tec. 'Di clwed ryw hen straeon mae o.'

Er mawr ryddhad i Mair, clywodd sŵn agoriad yn y

drws ffrynt. Daeth tad Tec i mewn efo'i 'helô, helô!' swnllyd arferol. Stopiodd hanner ffordd drwy'r lolfa.

'Be sy'n bod?'

'Gwyn 'di ypsetio dipyn bach. Mae o'n well rŵan. Ga'n nhw ddangos 'u concyrs i ti tra bydda i'n gneud y te.'

XI

'Hanner awr s'gin i, Mam. Fydd raid i mi fynd i nôl Marian. Ydi Dad adre?'

'Nach'di. Ddeudes i ddim wrtho fo bod ti'n dŵad. Ddeuda i wrtho fo heno dy fod ti 'di picio'n sydyn. Sut wyt ti, 'nghariad i?'

'Yn well o'ch gweld chi, Mam. Fel maen nhw'n deud, dydi hi ddim yn hawdd. Dw i'n trio cadw John yn gall, trio cysuro Gwyn, a thrio cadw'r helynt o'wrth Marian; a rhwng pawb ma' 'mhen i'n troi. 'Mond wrthoch chi y medra i ddeud fy nghwyn.'

'Deuda di, 'mechan i. Stedda di yn fan'ne. Ma'r tecell ar ferwi. Lle ma' dy hen fŵg di, dwed?'

Eisteddodd Beryl ar yr hen gadair siglo wrth yr Aga. Rhoddodd y glustog yn yr hen gas crosio y tu ôl i'w phen. Sugnodd gynhesrwydd y gegin i'w synhwyrau ac ildio'i chorff i'w blinder. Ar y gadair yma y cawsai hi anwes gan ei mam lawer gwaith yn yr hen gartref, wedi i'w thad fod braidd yn llym wrthi. Da o beth fod rhai o'r celfi wedi symud efo'r teulu, i fod yn gilcyn o atgofion yn y tŷ mawr newydd. Roedd y gadair a'r dresel a'r platiau glas yn gweddu'n dda i'r ynys o unedau derw ar ganol y gegin fawr. A doedd ei mam ddim wedi newid dim. Roedd yna gysur hyd yn oed yn y gwallt du, trwchus.

'Sut ma' John, 'te?'

'Wel, mae o'n gaclwm ulw, fel basech chi'n disgwyl. Feder o ddim diodde ca'l 'i gadw o'r ysgol, i ddechre cychwyn. Mae o dragywydd isio i mi ffonio i roi neges i hwn-a-hwn ynghylch ryw waith ne'i gilydd. A mi oedd bois y wasg . . . dw i 'di stopio'r papure yn lle bod o'n 'u gweld nhw.'

'Dw i 'di'u cadw nhw, ond dw i'n siŵr na 'sgin ti ddim isio i mi ddŵad â nhw i'r golwg.'

'Dim diolch. Ond dw i'n reit falch ych bod chi a Dad yn darllen be sy'n ca'l 'i ddeud. Mi ddyle *rhywun* wbod, debyg.'

'Ia. Mae dy dad yn marcio'r pethe sy ddim yn wir. W'st ti ddim na fydd gynnoch chi isio cofnod ryw dro eto.' Gwnaeth Beti lais didaro i ddweud: 'Mi ddeudson nhw bod yr heddlu wedi'i ollwng o'n rhydd.'

'Do, diolch byth. Roedd y peth yn ddigon uffernol fel oedd o. Ca'l 'i drin fel baw'r domen. Mae rhywun mor ddig. Ac os 'dech chi'n cwyno, y cwbwl 'dech chi'n gael ydi nad ydi o ddim ots am yr athro, y plant sy'n bwysig.'

Mwmian cydymdeimlad wnaeth Beti. Doedd yna ddim byd mwy i'w ddweud. Ond wrth sôn am y gwarth, aeth meddwl y ddwy at Richard.

'Sut ma' Dad yn cymryd pethe?'

'Bytheirio, elli di feddwl, yn enwedig yn 'i wely'r nos. Mae o'n meddwl sut i roi halen ym mhotes y ddynes 'ne. Mae o'n siŵr bod rhwbeth yn 'i gyrru hi i neud peth fel hyn. Dw i'n ame'i fod o'n cysidro rhoi ditectif ar 'i chwnffon hi.'

'Nefi blw! Faint fase hynny'n 'i gostio?'

'Wel, wyt ti'n gwbod sut un ydi dy dad. 'Di o ddim yn credu mewn cuddio pres, os meder o neud rhwbeth i'r teulu. Ond mae o'n ddigon ciwt i edrych ffordd mae'r gwynt yn chwythu cyn gneud dim byd.'

'Y nefoedd fawr, gobeithio. Y peth ola s'gin John 'i isio ydi sibrydion bod Dad yn rigio pethe. Mam, rhaid i mi fynd. Diolch am y baned. A diolch—diolch am beidio ame. Dene sy'n brifo fwya . . .'

'Hwde, ma' gin i darten fale sbâr. Mi safith i ti neud pwdin.'

Wedi gweld y car yn diflannu o amgylch y tro yn y dreif, a gwrando wedyn arno'n arafu cyn troi i'r ffordd fawr, doedd gan Beti ddim awydd mynd yn ôl i'r tŷ. Braidd yn flêr oedd yr ardd, a llwyth o ddail a brigau mân wedi disgyn yn sgil gwynt a glaw y Sul. Richard fyddai'n cwyno, ond ei ddewis o oedd cael tŷ ar lethr bryn coediog, ac arno fo roedd y bai felly fod y derw a'r ynn yn bwrw'u sbarion dros bob man yn yr hydref. I Beti, roedd yna bleser yn chwyrlïad y dail, yn yr awyr laith cyn y rhew, mewn cael eich cario gan y gwynt heb bwyso'ch traed ar lawr. Byddai wedi bod yn ddigon bodlon nôl y brws a sgubo'r dail i ferfa, ond châi hi ddim diolch am wneud gwaith y garddwr. Aeth i'r sièd i nôl siswrn tocio, a dechrau torri pennau'r rhosod gwyw.

XII

Wedi dringo'r grisiau cul wrth ochr siop Oxfam, synnodd John fod swyddfeydd yr NSPCC ar y llawr cyntaf yn eang ac yn eithaf cysurus. Teganau meddal blith draphlith yn yr ystafell aros, arth a llew a mwnci, pob un yn fwy ei faint na'r un plentyn pump oed. Yn llenwi'r bwrdd roedd model Lego o gastell tyrrog. Cyn i John weld y lluniau ar y wal, daeth Harry Lewis i'w gyfarfod a'i hebrwng i'w swyddfa breifat. Anwybyddodd Harry ei gadair ei hun wrth y ddesg, ac eistedd hefo John ar gadair esmwyth wrth fwrdd coffi. Gwrthododd John y baned a'r sigarét.

'Diolch i chi am ddŵad i lawr 'ma. Doeddech chi ddim adre pan ddois i draw y bore 'ma, ac mi gawsoch y nodyn, debyg, yn deud y gwnawn i drio eto'r pnawn? Felly, 'dech chi 'di arbed siwrne i mi y tro 'ma.'

'Dw i'n barod i neud hynny os oes raid i chi 'ngweld i.' Unrhyw beth yn hytrach na chael y Ffordyn bach coch yna y tu allan i'r tŷ. Byddai'n rhaid ceisio dargyfeirio'r bygythiad yn y geiriau 'y tro yma'. Gwnaeth Harry ryw ystum bach amhenodol gwrtais.

'Cyn 'yn bod ni'n dechre sôn am yr achos, ma' 'na un ne ddau o bethe y liciwn i 'u deud. Un ydi 'mod i'n llawn sylweddoli sut ydech chi'n teimlo.' (Y twpsyn. 'Sgin ti ddim clem.) 'Mi fydd 'na bethe fydd yn anodd 'u trafod. Mae'n hanfodol 'yn bod ni'n 'u trafod nhw. Ond does dim isio brysio.' (Oes, ma' 'na ddiawledig o isio brysio. Dw i isio mynd yn ôl at 'y ngwaith.) 'Y peth pwysig ydi'n bod ni'n dŵad at y gwir yn y diwedd.' (Os wyt ti'n meddwl mai gneud i mi gyfadde 'di dŵad at y gwir, mi gei di ail, boi.) 'A'r peth arall ydi nad 'y ngwaith i ydi beirniadu neb. Dw i yma i amddiffyn plant. Os 'di plentyn 'di cael 'i gam-drin mewn unrhyw ffordd, 'y ngwaith i ydi chwilio i fewn i'r achos, a gneud popeth fedra i i helpu. Dw i byth yn galw pobol yn ddrwg, nac yn ffiaidd, na dim byd felly. Fase hynny ddim yn helpu 'ngwaith i. Wir, ma' gin i barch mawr at bobol sy'n gallu wynebu'r peth ma' nhw wedi'i neud, ac sy'n barod i weithio hefo ni er lles pawb yn y diwedd.' (Wyt ti'n meddwl 'y nal i efo gwlanen, wyt ti? Ac yn deud ar yr un gwynt 'mod i 'di gneud rhwbeth mochaidd? Y drewdod!)

Roedd y wal y tu ôl i'r ddesg yn llawn o bosteri. Lluniau plant bron bob un, wynebau bach annwyl a'r dagrau'n gwneud rhesi ar y bochau budron. Geiriau mewn swigen yn dod o enau un: *'Gwrandwch* arna i.' Llythrennau coch bras ar boster arall: **DYDI PLANT DDIM YN DWEUD CELWYDD**.

Daethai Harry i ddiwedd ei druth, ac edrychai'n ddisgwylgar ar John.

''Sgin i 'mond un peth i'w ddeud, a hynny ydi na wnes i ddim byd i'r eneth.'

Ochneidiodd Harry, heb ddweud dim. Aeth llygaid John, yn erbyn ei ewyllys, at y poster.

'Dene fo, 'dech chi'n gweld.' Llais Harry'n denau a di-liw. '*Dydi* plant ddim yn deud clwydde am bethe fel hyn. Pam basen nhw?'

'Dwn *i* ddim pam y base hi, na wn? Ond dw i'n gwbod nad ydi'r stori ddim yn wir. Y fi 'di'r unig un sy'n gwbod. 'Dech chi ddim yn gwbod—doeddech chi ddim yno. Pawb yn gneud straeon a neb yn credu'r unig un sy'n gwbod y gwir.'

'Ond mi oedd Charmaine yno.'

'Ac yn berffeth hapus hefyd.'

'Nid dene be mae'i mam hi'n 'i ddeud.'

'O, 'i mam hi, ia? *Hi* 'di'r drwg yn y caws, felly?'

'Ylwch, John, awn ni i nunlle fel hyn. 'Den ni 'di bod yn hollol onest hefo chi, ac wedi deud wrthoch chi'n union be ddeudodd Charmaine wrth 'i mam. Mae'n rhaid i ni 'i chredu hi. Dw i'n gobeithio'n arw iawn y gellwch chi gydweithio efo ni. Dw i'n gwbod 'i fod o'n anodd i chi gyfadde'r peth, hyd yn oed wrthoch chi'ch hun; ond dim ond pan fyddwch chi'n barod i neud hynny y gallwn ni ddechre'ch helpu chi—a Charmaine.'

Arhosodd tra oedd John yn agor ei geg a'i chau hi bob yn ail. Yn y diwedd daeth y geiriau allan yn ffrwd filain, gynddeiriog.

'A tase chdi, ia, *chdi*, mor smŷg, tase chdi'n cyfadde mai chdi laddodd Marie Wilkes ar yr M4, w'rach y base'r heddlu ffeind 'ne'n medru dy helpu dithe hefyd.' Cododd i bwyntio bys fel dagr, a sgyrnygu'n goeglyd. 'O, wyt ti ddim am gyfadde? Am mai ddim chdi ddaru? Doniol iawn! Gwadu wyt ti, yntê? Gwadu am dy fod ti'n methu wynebu'r peth?' Newidiodd i lais melfedaidd, sinistr. 'Dw i'n gwbod 'i bod hi'n anodd wynebu pethe fel'ne, ond fyddwn ni ddim nes i'r lan nes y penderfyni di gydweithredu hefo ni. Uffern dân!'

Estynnodd am ei anorac, cyn i Harry gael ei wynt ato i'w rwystro.

'Fedra inne neud dim byd hefo chithe chwaith, os 'dech chi'n penderfynu 'mod i'n euog cyn dechre.'

Brasgamodd am y drws. Wrth weld y stafell fawr, ddymunol y tu allan i'r swyddfa fach boenus, cywilyddiodd ei fod wedi colli'i limpyn. Trodd yn ôl, gan fwriadu bod yn boléit ac adennill mymryn o urddas. Ond daeth y geiriau allan yn llawn dirmyg:

'Diolch am y croeso.'

XIII

Gorffennodd y Parch. Dafydd Edwards olchi'r llestri, ac aeth â dwy baned o goffi i'r stafell fach ganol. Yno roedd Gwawr ei wraig yn gorweddian ar yr hen soffa wrth y tân nwy, ac yn mwytho'r gath.

'Paned i ti. Ti 'di blino'n rhacs?'

'Diolch, Daf. Yndw, a deud y gwir. Dw i am ddiogi am hanner awr.'

'Diwrnod annifyr?'

'Ia, y gynhadledd 'na, 'sti. Fel tase Amddiffyn Plant ddim yn ddigon poenus ar y gore, ma'r achos yma'n codi cymint o helynt ar 'yn stepen drws ni'n hunen, mae o'n hunlle. Mae bois y wasg ar f'ôl i bob pum munud isio datganiad, a'r Adran Addysg yn trio cadw'r peth yn dawel, a Chadeirydd y Cyngor fel iâr dan radell; a ma' 'mhen i'n troi rhyngthyn nhw i gyd. Ac ar ben hynny, dw i'n teimlo dros yr hogyn.'

'John Williams. Ia. Ma' nhw'n aelode hefo ni, 'sti, yn y capel bach. Fydd raid i mi fynd i'w weld o. 'Den ni rioed 'di cael peth fel hyn yn digwydd o'r blaen, naddo? Chdi a fi'n rhannu cleient. 'Di pobol capel ddim fel arfer yn dŵad ar ofyn y Gwasanaethau Cymdeithasol. Be ma' hynny'n 'i ddeud amdanon ni fel pobol, dwn i ddim. Wyt ti'n 'i nabod o?'

'Ddim i mi wybod, ond mae o'n fab-yng-nghyfraith i Richard Puw, dw i'n dallt. 'Di hynny'n gneud pethe'n ddim haws.'

'Dwyt ti byth yn trafod dy waith gartre, chware teg, ac ma'n well gen inne beidio gwbod fel arfer.' Arhosodd i'r frawddeg adael ei hôl. A'r peth yn llenwi meddyliau'r ddau, yn ogystal â bod yn destun siarad drwy'r dre, byddai geiriau'n rhwym o dorri rywdro. Ac roedd gan Gwawr angen gwyntyllu'i meddyliau'i hun. Doedd hi ddim yn hawdd bod yn deg.

'Ia, wel, mae raid i mi fod fel y bedd cyn belled ag mae'r gynhadledd yn y cwestiwn. Ond ma' dyn y *Cronicl* wedi ffereta digon, ac mi fydd hynny i gyd allan fory. Ma' arna i ofn y bydd pawb yn gwbod cymint â finne cyn bo hir, a ma' 'na fwy o gesio nag o wbod yn hynny hefyd.'

'Ma' pawb yn gwbod bod yr heddlu 'di gollwng y peth.'

'Does ganddyn nhw ddim tystiolaeth fase'n gwarantu achos llys. 'Di hynny ddim yn clirio neb, fel y gwyddost ti. Trosglwyddo i'r NSPCC maen nhw 'di'i neud. 'Dyn nhwthe ddim yn cael lot o lwyddiant.'

'Ma' John yn gwadu, 'lly?'

'Dydyn nhw i gyd?' Doedd Gwawr ddim wedi bwriadu bod mor sinigaidd. Fel petai hi newydd danio matsien, gwelodd yn sydyn y gwahaniaeth rhwng ei byd hi a byd Dafydd. Mor aml roedd hi'n gorfod credu'r gwaethaf am nad oedd ganddi brawf i'r gwrthwyneb, ac yntau'n gorfod chwilio am ddaioni ym mhob pechadur. Ar yr wyneb, o leiaf.

'Glywes i rioed mo'not ti'n deud peth fel'ne o'r blaen.'

'Wel, w'st ti, mae cyfiawnder yn un peth. Mae Amddiffyn Plant yn beth arall. Weithie fedrwn ni ddim fforddio disgwyl am brawf, achos 'den ni byth yn mynd i'w gael o. Mae hynny'n rhan o natur y gwaith. Wedyn, mae raid i ni neud be sy er lles y plant.'

'Reit hawdd deud hynny, debyg, pan wyt ti'n sôn am enw ryw bŵr dab ar ffeil. Ond ma' John Williams, tad Gwyn a Marian, hogyn ddyle fod yn flaenor cyn pen pum mlynedd, ma' hynny'n beth arall eto, yn tydi? Oes 'ne ddim gobaith i chi gael tystiolaeth naill ffordd ne'r llall?'

'Wel, mae'r NSPCC yn gneud 'u gore. Y drwg ydi, 'di'r eneth ddim 'di deud dim byd yn uniongyrchol wrthyn nhw.'

'Wel, sut ma' nhw'n gwbod, 'te?'

'Deud wrth 'i mam ddaru hi.'

'O! A sut un 'di honno?'

'Mam ardderchog, yn ôl Harry. Rhyngthat ti a fi, dw i ddim yn meddwl bod gin yr ymwelydd iechyd gymaint o feddwl ohoni. Ddeudes i mo hynne.'

'Na, chlywes i mo'not ti. Wel, stori go dene s'gynnoch chi, yntê?'

'Tene ne beidio, ma' raid i ni ddal sylw. Y drwg ydi, fedrwn ni ddim rhoi gormod o bwyse ar Charmaine. Mi fase hynny'n gam-drin ynddo'i hun. Gwrthod deud dim byd ma' hi. Y profiad yn rhy boenus, debyg.'

Rhoddodd Dafydd ei gwpan wag ar y bwrdd coffi cyn ateb.

'Tybed? Ydi o ddim yn bosib na 'sgynni hi ddim byd i ddeud? A'i bod hi 'di laru ar gael 'i holi? Ti'n cofio ni'n holi Rhys am y fferins 'ny, a fynte'n deud dim byd ac yn edrych yn euog, a ddim fo oedd wedi'u cymryd nhw yn y diwedd?'

'Dwn i'm. Wn i ddim be 'di'r ffordd ymlaen. Mae 'na awgrym 'yn bod ni'n cael arbenigwr i mewn, w'st ti, y bobol 'ma sy'n helpu plant, hefo dolie a ballu, i ddatgelu be sy 'di digwydd.'

'Wel, jest gobeithio na wnân nhw mo'i helpu hi i ddatgelu rhywbeth sy *ddim* wedi digwydd.'

Eisteddodd Gwawr yn gefnsyth yn sydyn, ac aeth y gath at Dafydd.

'Wyt ti'n dadlau dros John Williams?'

'Nach'dw. Wel, w'rach 'mod i. Wel, os ydi o'n ddieuog, mae isio i rywun gadw'i bart o yn does? Hwyrach na ddylen ni ddim bod wedi dechre'r sgwrs yma.' Doedd yna ddim colyn yn y geiriau. Roedd o'n gwenu, a Gwawr yn gwenu'n ôl.

'Gŵr yn erbyn gwraig, teulu yn erbyn teulu. Rhyfedd, yn tydi? 'Den ni i gyd yn teimlo'r peth. Ond ma' raid i mi neud fy ngwaith. A ma' raid i tithe edrych ar ôl enaid John Williams. Meddylia, be dase fo'n cyfadde wrthat ti?'

XIV

Rhoddodd John ei bwys ar y bompren i gael edrych i lawr ar y dŵr. Golwg lipa oedd arno yn ei dracsiwt dywyll, yn plygu fel doli glwt dros y canllaw. Roedd wedi colli'i wynt wrth loncian ar hyd hen Rodfa'r Arglwyddes rhwng yr afon a'r llethrau creigiog ar ymyl y goedwig. Wrth i'w anadl arafu, daeth i glywed llifeiriant hydref yn hwsio'r dŵr i lawr y cwm bach i ymgolli yn yr afon lydan ar lawr y dyffryn. Edrychodd i fyny'r nant, a'i gweld yn gul ar y gorwel ac yn lledu a dyfnhau a gwneud trochion ar resi o greigiau cyn cyrraedd y bont. Yn union o dan y bont gallai weld y graig dywyll ryw droedfedd dan wyneb y dŵr gwyrdd, a'r gwrymiau prysur ar ganol yr afon yn ystwytho'n donnau bach meddal wrth lanio ar yr ochrau. Trodd at y canllaw arall, a gweld yr afon yn tawelu wrth i'w gwely ymledu.

Ddwsinau o weithiau roedd wedi loncian ar hyd y rhodfa a phwyso ar y bompren i gael ei wynt yn ôl. Sawl pnawn Sul roeddynt ill pedwar wedi dod am dro cyn belled, a gadael i'r plant ymryson taflu brigau dros y bompren, a brigyn Gwyn yn ennill ar un Marian bob tro, nes i Beryl afael ym mraich y fechan a rhoi hwb iddi. Daethai John yma gan obeithio cael cysur yn adleisiau hapus y llecyn, ond ni allai wneud dim o sŵn di-sôn yr afon. Roedd hi 'Yn mynd, ac wedi mynd, ond yno o hyd'.

I ble roedd o'n mynd? Tan ddydd Gwener diwethaf, aethai ei fywyd yntau fel afon, yn cronni'n naturiol mewn gyrfa a theulu, a'r sŵn parhaus yn rhoi sicrwydd yng ngwaelod ei feddwl. Yno o hyd. Ond rŵan, doedd yna ddim 'o hyd' amdani. Doedd ei afon o ddim yn cronni dŵr mwyach, nac yn ymchwyddo tua'r gwastadedd. Roedd o mewn trobwll, yn cael ei hyrddio o gwmpas gan lif o bob cyfeiriad. Cofiodd yr hyn a ddywedodd wrth Beryl y noson gyntaf honno: 'Fydda i byth yr un fath eto'. Tybed? Tybed a oedd hi'n bosibl dod allan o'r trobwll yma, ac ailgychwyn i lawr yr afon, a bod yn hapus eto?

A pham, pam mae hyn wedi digwydd i *mi*? meddyliodd. Pam na fase'r g'nawes fach yna wedi pigo ar rywun arall? Taswn i'n cael gafael ynddi, mi faswn i yn 'i hysgwyd hi i ebargofiant, hi a'i mam, a'r NSPCC a'r Heddlu! Ia, dwi'n gwbod—'sgin y dieuog ddim byd i'w ofni. O, nac oes? A be am yr hyn dw i, a Beryl, wedi bod drwyddo fo'n barod? Ddyle pobl fel ni ddim gorfod diodde pethe fel hyn.

Dene fi'n bod yn drahaus rŵan, meddyliodd. W'rach na 'sgin i ddim hawl i feddwl am 'bobol fel ni'. Meddwl 'yn bod ni uwchlaw'r gyfraith. Ond mi fydd teulu Beryl yn meddwl felly, neu o leia'n bod ni uwchlaw amheuaeth. A dyma lun eu merch nhw yn y papur newydd! Mewn chwys oer, ceisiodd ffoi rhag ei feddyliau annioddefol. Aeth dros y bompren i nôl hanner dwsin o frigau trwchus oddi ar lawr y goedwig, a'u lluchio bob yn un i'r dŵr gan geisio gwneud iddynt glecian ar y graig. Ac wedyn dechrau loncian yn ôl ar hyd yr hen Rodfa, a'i sgidiau rhedeg yn sglefrio yn y llaid. Erbyn iddo gyrraedd adref, roedd ei chwarennau wedi cynhyrchu digon o adrenalin i roi cic i'w ysbryd. Penderfynodd y byddai'n rhaid iddo loncian bob dydd os oedd am ddal i frwydro.

XV

Roedd hi'n brynhawn dydd Gwener. Cofiodd John fod y gwagle newydd yn ei fywyd wedi para wythnos; wythnos gyfan o bydru yn y tŷ, ar wahân i'r cyfweliadau bondigrybwyll. A'r loncian, wrth gwrs. Bob tro y byddai'n cyrraedd adre'n rhecsyn chwyslyd, ac yn dyhyfod fel ci, câi deimlad o orchest ac o rym. 'Chân nhw mo'r gore arna *i*, o na chân.' Ond wrth i'r lludded gilio, âi'r gobaith hefyd yn ei sgil.

Gwelodd y Ffordyn bach coch yn stopio wrth y tŷ, a Harry Lewis yn dod i ganu'r gloch. Gan frygowthan wrtho'i hun, 'Sna' i ddim isio'i weld o yma; pam na wneith o'i hen waith budr ar 'i domen 'i hun?', aeth John i agor y drws. Roedd Harry'n gwrtais, yn gymodlon hyd yn oed.

'Ro'n i'n meddwl y byddai'n beth da i ni gael gair cyn bwrw Sul, gan 'yn bod ni wedi cael sgwrs eitha poenus y diwrnod o'r blaen, a hwyrach y gallwn ni drio dallt 'yn gilydd dipyn bach yn well. Oes gynnoch chi bum munud sbâr?'

Doedd gan John fawr o ddewis ond agor y drws, er ei fod o'n poeni y byddai Beryl a'r plant adref cyn bo hir. Aeth y ddau i'r gegin.

'Mae'n arw gen i imi golli fy limpyn echdoe.'

'Hidiwch befo. Dwi wedi hen arfer.'

'Wn i ddim sut i wneud i chi ddallt pa mor ddig rydw i—ma'r peth mor hyll. Ac mor hurt!'

'Dydi o ddim yn hurt lle mae Charmaine yn y cwestiwn.'

Distawodd John yn y syndod o gael ei sboncio allan o'i boen ei hun. Nododd Harry y distawrwydd, i gael cnoi cil arno yn nes ymlaen. Cafodd John ei dafod yn ôl.

'Mae'r peth ddeudodd *hi* yn goblyn o hurt, beth bynnag!'

'Does gin blant yr oed yna ddim rheswm dros ddweud anwiredd. Allwn ni byth anghofio hynny.'

'O, 'den ni'n y fan yna eto, yden ni?' Roedd John ar fin dechrau bwrw iddi pan glywodd agoriad Beryl yn y clo, a lleisiau distaw.

'Cerwch chi'ch dau at y teledu. Mi a' i i weld pwy sydd hefo Dadi yn y gegin. Mi ddo i â diod i chi yn y munud.'

'Harry Lewis. Harry i bawb. Mae'n dda gen i'ch cyfarfod chi.'

Wyddai Beryl ddim yn iawn sut i ymateb. Roedd y cwrteisi'n afreal, yn yr awyrgylch tyn oedd i'w deimlo yn yr ystafell. Doedd hi ddim am gynnig paned i'r ymwelydd.

'Maddeuwch i mi. Mae'r plant gen i yn y lolfa.'

Rhoddodd ei llaw ar ysgwydd John wrth fynd heibio. Doedden nhw ddim yn arfer cusanu o flaen pobl eraill. P'run bynnag, go brin y buasai hynny wedi cael effaith ffafriol ar Harry Lewis. Roedd o'n gwybod yn iawn fod pobl yn actio dramâu o'i flaen.

Pan aeth Beryl yn ôl i'r lolfa, gwelodd fod Gwyn yn sefyll wrth y drws pellaf, ei wyneb yn fain ac yn wyn.

'Mae'n olreit.' Gosododd wên ar ei hwyneb. 'Mae Dad yn siarad hefo rhywun yn y gegin. Fydd o ddim yn hir.'

Y disgwyl am y croeso arferol gan ei thad oedd ar feddwl Marian, ond daeth swildod drosti. Mentrodd cyn belled â drws y gegin, a stopio. Bachodd Harry ar ei gyfle. Cyrcydodd er mwyn bod ar yr un lefel â hi.

'Helô! Harry 'di'n enw i. Marian wyt ti, yntê?'

Trodd Marian yn syn oddi wrth Harry ac edrych ar ei thad. Yna, rhedodd at John, a doedd ganddo ddim dewis ond ei chodi yn ei freichiau a'i chofleidio fel arfer. Bron fel arfer. Rhoddodd hi i lawr gynted ag y gallai, gan edrych ar Beryl. Ar Harry roedd hi'n edrych, ond doedd dim ond cwrteisi dymunol i'w weld ar ei wyneb tawel. Yn ei ben, roedd yn cysidro faint pellach y gallai wthio'r broses o ddod i adnabod y teulu. Rhoddodd gynnig ar un ystryw arall.

'Mae gynnat ti frawd, yn does? Gwyn, ia? Lle mae o?'

Yn ufudd, edrychodd Marian drwy'r drws i'r lolfa. Doedd dim sôn am Gwyn. Roedd o wedi dianc i'w lofft. Doedd neb diarth yn cael dod i'r fan honno.

Wedi i Harry fynd, caeodd Beryl y llenni i gyd cyn galw Gwyn i lawr i'w de. Aeth y pedwar i'r gegin gefn, a rhoi tâp 'Ar Log' yn y peiriant. 'Siawns na chawn ni lonydd rŵan—'den ni ddim yn mynd i ateb y drws na'r ffôn heno,' meddai.

XVI

Cafodd John y croeso arferol gan ei fam-yng-nghyfraith.

'Tyd i'r gegin. Dwi newydd neud coffi go-iawn.'

Yn ei grys agored a'i gardigan drwchus, doedd Richard Puw ddim yn edrych mor awdurdodol ag y byddai fel arfer yn ei siwt raenus, ond roedd golwg newydd siafio ar ei fochau pinc, glân. Gan ei fod yn dechrau moeli, roedd wedi 'credu', ys dywedai Beti, gadael i'w wallt gwyn gyrlio mymryn ar ei war. Ond ei dagell a'i lais dwfn, cryglyd braidd oedd yn rhoi sêl batriarchaidd ar bopeth a ddywedai.

'Diolch i ti am ddŵad draw. O'n i isio gwbod lle 'den ni arni. Hen fusnes cas. Sut ma' pethe acw?'

'Wel . . . fel basech chi'n disgwyl, am wn i. Wn i ddim be faswn i'n neud heb Beryl.' Teimlai John yr angen i ddangos ei fod yn gwerthfawrogi cefnogaeth Beryl, gan roi ar yr un pryd yr awgrym lleiaf o ymddiheuriad am fod ei helynt o wedi ei tharo hi hefyd. Er, doedd o ddim yn mynd i gymryd y bai. Ddywedodd ei rieni-yng-nghyfraith yr un gair i leddfu'i boen.

'A sut mae'r plant?' Beti oedd yn gofyn.

'Gwyn yn cael amser go galed yn yr ysgol. Marian yn dallt dim, wrth gwrs, ond . . . wel, mae o'n cael effaith arni, does dim dwywaith. 'Den ni i gyd yn mynd drwyddi.'

Ym meddwl John roedd yr atgof annifyr am ei sgwrs ddiwethaf efo Richard Puw. Oedd raid i hwnnw ofyn iddo *ddweud* ei fod yn ddieuog? Wedyn, ddylai yntau ddim bod wedi colli'i dymer. Roedd yn bigog am nad oedd o'n siŵr iawn bod Richard yn credu ei fod o'n ddigon da i Beryl. Beti oedd wedi perswadio'i gŵr i gefnogi'r briodas. A dyma fo rŵan wedi dod â'r gwarth dychrynllyd yma ar y teulu. Balm i'w enaid oedd clywed Beti'n dweud:

'Mae o'n gywilydd o beth bod pobol yn towlyd mwd at deulu diniwed. Wn i ddim sut ma' nhw'n gallu deud y pethe ffiaidd yma. Darllen gormod o'r hen sothach papure newydd yna, mae'n siŵr.'

Ymlaciodd John fymryn a derbyn ei goffi. Er pan ddechreuodd yr helynt, roedd fel pe bai wedi magu dau wyneb—un caled, amddiffynnol yn erbyn pobl gyhuddgar, ac un arall hyderus, gwneud-jôc-o'r-peth pan fyddai'n teimlo ei fod ymysg ffrindiau. Weithiau byddai'r gwneud jôc yn mynd dros ben llestri.

'Gwasg y gwter yn enw rhy boléit o lawer,' meddai, gan geisio bod yn ffroenuchel hyderus.

'Wel, sut ma'r ymchwiliad yn mynd ymlaen, 'te?' Roedd Richard yn benderfynol o gynnal pwyllgor teuluol.

'Dydi o ddim, am wn i. Dwi 'di deud wrth yr NSPCC na dwi ddim wedi gneud dim byd. Waeth i mi gnocio fy mhen yn erbyn y wal ddim. 'Dyn nhw rioed wedi clywed am bobol ddieuog. Be *fedra* i ddeud ond 'mod i'n ddieuog? A pho fwya dwi'n 'i ddeud o, mwya ma' nhw'n fy ame i. "Gwadu", medden nhw. Yr unig ffordd i'w plesio nhw ydi "cyfadde". Sut fedra i blydi cyfadde, a finne'n ddieuog? Sôn am *Catch 22!*'

Roedd ei lais yn codi a Beti yn edrych arno'n bryderus. Pesychodd Richard.

'Dw i 'di cael gair hefo Thomas y twrne, fel gwyddost ti. Teimlo mae o nad oes 'na ddim tystiolaeth o bwys, a bod yr eneth bach yna—be 'di'i henw hi?—yn rhy ifanc i wneud dim byd ohoni yn y llys. A does 'na ddim byd arall yn d'erbyn di, nac oes?'

Gofyn o ddifri yr oedd Richard. Roedd yn ddyn manwl, ac wedi hen arfer ag achosion nad oedd cweit mor ddu a gwyn ag yr oedden nhw'n edrych ar yr wyneb. Roedd am ymladd dros ei deulu, ond roedd hefyd am wneud yn siŵr nad oedd unrhyw sgerbwd yn llechu mewn cwpwrdd, yn ddiarwybod iddo.

Rhwygodd y llen denau o hyder oedd o gwmpas John.

'*Nac oes! Am wn i.* Pwy ŵyr be feder pobol 'i ddychmygu? 'Sgynna i ddim ffydd yn neb erbyn hyn. Gwenwyn bob man. O! dwi ddim yn credu bod hyn yn digwydd. Dwi ddim yn credu'n bod ni yn fan hyn, yn siarad fel hyn. Ydi'r gwenwyn mochynaidd yma wedi 'ffeithio arnoch chi hefyd?'

Dechreuodd ysgwyddau Richard ymchwyddo, a brysiodd Beti i'r adwy.

'Trio helpu mae Richard. Fase'r un ohonon ni byth yn

77

meddwl drwg ohonat ti. Wyt ti'n gwbod hynny, yn dwyt?'

'Yndw, debyg. Sori. Jest . . . mae fel tase'r byd i gyd wedi troi'n fudreddi.'

Cafodd Richard ras o rywle.

'Ia, wel, pan fyddi di yn f'oed i, mi ddallti. Cerdded drw'r mwd yden ni i gyd, ac mae sgidie pawb yn fudur. Ond mae raid i ni daclo dy broblem di rŵan. Wyt ti mewn stad i wrando, ne ydi'n well i ni'i gadel hi am heddiw?'

'Na, mi wranda i.'

'Reit. Wel, fel hyn dwi'n 'i gweld hi. Mae 'na gyhuddiad yn d'erbyn di. Mae'r heddlu'n gweld na fedran nhw wneud dim byd ohono fo. Dim tystiolaeth. Reit. Wedyn, mae'r bobol amddiffyn-plant 'ma'n trio. 'Dyn nhwthe ddim yn mynd i nunlle chwaith. Ond paid ti â meddwl 'u bod nhw'n mynd i ollwng gafel. O, nach'dyn. Dwi wedi gweld digon ar y Fainc i wbod hynny. Dwyt tithe'n mynd i nunlle wrth wadu chwaith. Wyt ti wedi'i ddeud o dy hun. Cnocio dy ben yn erbyn y wal. Os ca i gynnig syniad i ti, wyt ti ddim yn meddwl y base'n well i ti stopio cnocio dy ben, a hel dy feddwl at achub dy swydd? Hynny ydi, *fedri* di achub dy swydd?'

Doedd Richard ddim wedi dychmygu y byddai ei eiriau'n cael y fath effaith. Aeth wyneb John yn wyn fel y galchen, aeth ei lygaid yn wag, a gollyngodd ei gwpan nes bod y coffi'n llifo dros y bwrdd ac yn socian *Y Goleuad* a'r papur bro. Roedd ei geg yn symud mymryn, ond doedd dim geiriau'n dod allan ohoni.

'Hidia befo'r coffi. Gei di un arall yn y munud. Wyt ti'n olreit? Mae gynnat ti goffi ar dy jîns. Ddaru ti ddim sgaldio, gobeithio. Well i ti fynd i'r stafell 'molchi i'w

78

olchi o i ffwrdd. Mae 'na ddigon o garpie a sebon a phethe yno.'

Dan fwmial cysurlon Beti, daeth John ato'i hun ac aeth yn ufudd i'r ystafell ymolchi fach wrth y drws ffrynt. Wedi iddo fynd, edrychodd Richard ar ei wraig mewn penbleth.

'Be ar y ddaear oedd hynna'n da? Ddeudes i rwbeth?'

'Cael braw wrth feddwl am golli'i waith wnaeth o, faswn i'n meddwl.'

'Ond y nefoedd fawr! Mae raid 'i fod o wedi meddwl am hynny cyn rŵan?'

'Mae 'na feddwl a gwrthod meddwl, yn does?'

Aeth John o'r tŷ'n teimlo'n saith gwaith gwaeth na phan ddaethai yno. Roedd wedi dweud ar y dechrau na fyddai 'byth yr un fath eto'. Roedd yn dechrau amau a oedd yna 'eto' iddo fo. Anghofiodd am ei ginio ac aeth i loncian, ar hyd Rhodfa'r Arglwyddes eto. Pwysodd ar y bompren am amser hir, gan adael i sŵn y dŵr foddi'i feddyliau, ac i symud parhaus yr afon ei gario i rywle na wyddai ble, rhywle'n bell o lle'r oedd.

XVII

Parciodd Edwart Williams y car wrth y wal ger y capel.

'Well i ni fynd i fewn, 'sti. 'Den ni'n hwyrach na 'den ni'n arfer bod.' Llais tyner oedd gan Ruth, ei wraig, ac osgo fonheddig bob amser. Dynes fechan, dlos, ei bochau'n goch gan fywyd yn yr awyr agored a'i genau'n ffurfio gwên. Eto roedd hi'n pryderu o weld Edwart yn oedi mynd i'r oedfa. Roedd y ddefod yn gymaint rhan o'u bywydau. Y ddau'n cerdded yn ara deg drwy giât y capel i fyny'r llwybr caregog at y drws mawr ac i mewn i'r cyntedd. Ysgwyd llaw â'r diacon ar ddyletswydd, y sibrwd 'sudech chi heno?' ac wedyn mynd drwy'r drws ar ochr y cyntedd ac i lawr yr ale. Hithau wedyn yn gwahanu i eistedd yn y côr penodedig ynghanol y capel, ac yntau'n troedio ymlaen i'r sêt fawr. Y glustog ffelt coch yn lleddfu mymryn ar galedwch sgleiniog y pren. Rhoi ei law ar ei dalcen a phlygu pen yn ddefosiynol cyn codi ei olwg i ysgwyd llaw â'r pregethwr.

Roedd Edwart yn ddiacon ers dros ugain mlynedd, heb erioed roi achos i neb ddweud nad oedd o ddim yn deilwng. Heno, am y tro cyntaf, roedd ganddo ofn clywed sibrydion pobl barchus, 'Hawdd gweld llaid ar geffyl gwyn. Wyddoch chi ddim pwy 'di neb y dyddie yma, na wyddoch?' Roedd y ddau ddiacon arall â'u pennau yn y llyfr emynau. Trodd Edwart ei olwg at y pulpud, at y sgrôl wedi'i pheintio ar y wal i fframio pen ac ysgwyddau'r pregethwr. 'Gadewch i blant bychain ddyfod ataf Fi.'

Nid o fwriad, mae'n siŵr, y darllenodd y pregethwr y Gwynfydau, a chodi'i destun ynddyn nhw. 'Gwyn eu byd y pur o galon, canys hwy a welant Dduw.' Ni fu erioed fwy o bellter i Edwart Williams rhwng sidan llathraidd, anghyffwrdd y Bregeth ar y Mynydd, a sachau drewllyd bywyd ar y ddaear. Teimlodd ei hun mewn rhyw ddwyster mawr niwlog, a hwnnw'n mynd yn ddyfnach yn sŵn yr emyn. 'Dim ond calon lân all ganu.' Ni allai ganu nodyn.

Roedd ganddo esgus da dros beidio ag ymdroi wedi'r oedfa: yr hen fuwch las yn disgwyl llo. Roedd wedi bod ag un fuwch las yn y fuches ers blynyddoedd. Porthodd yn gydwybodol tra bu Ruth yn holi'n ofalus am iechyd pawb, rhywbeth y buasai'n ei wneud yn naturiol heb fod yn wraig i ddiacon. Ac wedyn, eu car nhw oedd un o'r rhai cyntaf i droi wrth groesffordd y pentref ac anelu am y bryn.

A swper yn barod ar fwrdd y gegin, roedd Ruth yn disgwyl i Edwart ddod o'r beudy. Nos Sul oedd noson sgyrsiau ffôn. Hwyrach y gallai hi ddechrau siarad efo Glenys, ac y byddai'i thad hi yno i ddweud helô cyn diwedd y sgwrs.

Jac, gŵr Glenys, atebodd y ffôn.

''Sgynnoch chi ryw newydd o Lanofal? Na, wel, ma'r pethe 'ma'n cymryd amser, mae'n siŵr. Triwch beidio poeni gormod. Ma' 'na beth wmbredd o athrawon yn 'i chael hi y dyddie yma. Ylwch, mae Glenys yn aros i siarad hefo chi.'

Oedd llais Glenys yn wahanol heno? Er ei bod hi'n llawn cydymdeimlad, doedd hi ddim mor drymaidd ag y buasai Ruth yn ei disgwyl. Wrth gwrs, merch siriol fu Glenys erioed, ond ar y llaw arall roedd hi'n sicr o fod yn poeni am ei brawd. Daeth goleuni.

'Mam, mi fyddwch chi'n brysur iawn rhyw saith mis o rŵan.'

'Pam saith mis? O! Wyt ti ddim yn deud?'

'Yndw, mi ydw i! Mae'n bryd i chi gael ŵyr ne wyres arall, yn tydi? A mi fyddwn ni'n nes na mae Gwyn a Marian i chi gael dŵad i warchod.'

Beth fyddai eu hanes nhw ymhen saith mis, tybed? Ond doedd wiw meddwl am hynny'n awr.

'Wel, go dda chdi! Diolch i ti am roi newydd da i ni. Mi fydd dy dad wrth 'i fodd. Wel, *mae* hynna wedi codi 'nghalon i. Wyt ti'n olreit hyd yma?'

Doedd dim diben i Edwart fynd i'w wely cyn hanner nos, rhag ofn y byddai'n rhaid iddo godi. Eisteddodd y ddau wrth dân y gegin, gan gnoi cil ar bethau.

'Mae hi 'di bod yn wsnos go eger arnon ni. Y peth gwaetha ydi methu gneud dim byd i helpu John. A methu *dallt* pobol sy'n deud pethe mor ffiaidd. Dydi'r byd 'ma 'di mynd yn lle ofnadwy? Fedra i yn 'y myw ddŵad dros y peth.'

'Ia, 'den ni'n gwbod dim byd amdani, 'sti. Tasen ni'n gwbod chwarter be sy'n mynd ymlaen yn y byd, wel, fasen ni ddim yn medru'i ddirnad o, heb sôn am 'i gredu o. Mae'n arw gin i dros bobol ifinc, yndi wir, yn gorfod byw ynghanol y baw.'

'Ond 'sdim posib bod John ni 'di gneud dim byd drwg, nac oes? Fase fo byth, Edwart, yn na fase? Wyt ti a fi'n gwbod hynny.'

'Na fase, siŵr iawn. A pheth arall, tase pobol yn gwbod sut fam sy gynno fo, fasen nhw byth yn achwyn arno fo.' Anaml y byddai Edwart yn canmol neb i'w wyneb, ond roedd o dan deimlad heno. Roedd gweld Ruth yn dioddef, a dim cas na dial yn agos i'w phersonoliaeth, yn ei lethu. Os oedd plant erioed. wedi cael magwraeth lân, eu plant nhw oedd y rheiny.

'Ond eto, mae gynnon ni achos diolch, yn does? Diolch 'yn bod ni'n siŵr ohono fo. Meddylia sut basen ni'n teimlo tase fo *wedi* bod yn ddrwg.'

'Ia, a diolch bod Glenys yn disgwyl. Siawns na fedra i fod o help iddi hi, beth bynnag. Mi fydd hynny'n gysur.'

'Dene ti. Mi a' i i gael golwg ar y fuwch. Dw i'n disgwyl y cawn ni lo cyn y bore.'

Dechreuodd Ruth ddyfalu sut fywyd a gâi'r llo bach.

XVIII

'Dene ti, iste di ar lin Mami, rho dy draed ffordd hyn, a rho dy fraich dde rownd Mami. Rho gwtsh iawn iddi. A rŵan gei di gyfri faint o *Smarties* s'gin i yn fy llaw.'

Stopiodd Charmaine grio pan welodd y fferins, a dechreuodd gyfri'n gyndyn efo Mary Williams. Erbyn iddi gyfrif i ddau, roedd Ann Richards wedi rhoi chwistrelliad yn ei braich chwith.

'Da iawn ti. Gei di ddewis dy *Smartie* rŵan. Pa liw s'gin ti'i isio?'

Roedd Wendy Woods wedi ei synnu.

'Wel, wrth gwrs, mae hi wedi bod yn dda iawn hefo doctors erioed. Mae hi wedi cael digon o *doctors' sets* a phethe felly i chware hefo nhw. Dw i'n credu mewn dysgu plant yn iawn o'r dechre. Ond wir, mi o'n i'n meddwl basen ni'n cael trwbwl heddiw. Dydi hi ddim yr un eneth ers pan ddigwyddodd y peth ofnadwy yna iddi. Mae hi wedi bod yn sobor o *upset*, ynd . . .'

Torrodd Mary Williams ar ei thraws.

'Geith Charmaine fynd yn ôl at y plant erill rŵan, Dr Richards?'

Dal i afael yn dynn am ysgwyddau'r eneth yr oedd ei mam.

''Sdim isio i ti fod ag ofn. Dydi'r dyn yna ddim yn yr ysgol rŵan, a wneith o byth ddim byd i ti eto. Mi wneith Mami'n siŵr . . .'

Torrodd Ann Richards ar ei thraws y tro yma, yn fwy grymus.

'Ti wedi bod yn eneth dda iawn, Charmaine. Wyt ti'n mynd i ddeud ta-ta wrth Mami rŵan, tan ar ôl yr ysgol?'

'Ta-ta' dros ysgwydd fu hi, a rhedodd Charmaine drwy'r drws gan sychu dagrau â'i llawes wrth fynd.

'Dwi'n falch o'r cyfle i gael gair â chi, Mrs Woods. Dwi ddim wedi gweld Charmaine oddi ar yr archwiliad meddygol. Gobeithio na ddaru hynny ddim achosi unrhyw bryder iddi?'

'O na, ddaru mi egluro iddi fod raid i ni wneud yn siŵr na ddaru'r dyn yna ddim 'i brifo hi.'

'Dwi am bwysleisio i chi eto nad oedd yna ddim byd o gwbl o'i le. Does dim isio i chi bryderu o gwbl.'

'Ia, ond y dychryn ydi'r peth, yntê? Dwi *yn* gwneud fy ngore i ddweud wrthi na cheith y dyn yna ddim dŵad yn agos ati eto, ond mae hi'n dal i boeni. Ac mae hi'n crio bob tro mae hi'n clywed ei enw fo.'

Erbyn hyn roedd Ann Richards y tu ôl i'w desg, a Mary Williams wrthi'n pacio'r gêr imiwneiddio i'w bag, ond yn gwrando'n ofalus. Penderfynodd Ann ei mentro hi.

'Wel, y rheswm 'mod i'n gofyn oedd yr archwiliad wedi effeithio ar Charmaine ydi 'yn bod ni'n sylweddoli y dyddie yma . . . wel, fod ymchwiliad ynddo'i hun yn gallu cael effaith ar blant. Siŵr iawn, 'den ni'n trio peidio'i wneud o'n brofiad annifyr iddi hi; ond y peth ydi, 'i bod hi wedi cael archwiliad nad ydi'r g'nethod erill ddim wedi'i gael, a 'den ni ddim yn gwbod sut mae hynny'n edrych iddi hi, nac'den?'

'Ond mi oedd *raid* gneud!' Meddwl roedd Wendy nad oedd y doctoriaid yma ddim hanner mor barod i fynd ar ôl cam-drin rhywiol ag y dylen nhw fod. Roedd hon yn siarad fel tase dim angen archwiliad! I be mae doctoriaid da, os nad oes arnyn nhw isio gwneud 'u gwaith? Tybed, erbyn meddwl, a oedd hon wedi bod yn ddigon gofalus?

'A 'dech chi ddim yn meddwl 'i fod o'n beth od nad oedd yna ddim marc na chlais na dim byd, a hithe'n cwyno'i bod hi'n *sore*? Dwi'n meddwl yr a' i â hi at Dr Hughes, jest rhag ofn.'

'Wel, ia, siŵr iawn.' Buasai'n bechod proffesiynol pe bai Ann wedi gwrthwynebu ymweliad â'r meddyg teulu. Ond roedd hi am ddweud ei meddwl. Ceisiodd fynd ar drywydd arall.

'Y rheswm pam y dechreuais i sôn am effaith yr archwiliad ar Charmaine oedd fod yn rhaid i ni fod mor ofalus i beidio rhoi pwysau o fath yn y byd arni. Ydech chi'n meddwl, felly, fod cael 'i holi'n boenus iddi? Ydi hi'n bosib mai rhedeg i ffwrdd oddi wrth hynny mae hi pan mae hi'n crio ac yn gwrthod ateb? Dwi'n gwbod bod Mr Parry wedi dweud nad oes neb i sôn am y peth yn yr ysgol, ond fedrwch chi ddim cadw plant yn ddistaw o hyd. Meddwl oeddwn i, hwyrach y base sgwrs hefo'r seicolegydd yn help?'

'Yn nes ymlaen, w'rach. Jest rŵan mae hi'n gweld yr NSPCC, a nhw ydi'r *experts*, yntê?'

Ac aeth Wendy Woods allan yn anfoddog. Peidio sôn am y peth, wir! Ei sgubo dan y carped! Doedd hi ddim yn mynd i adael i hynny ddigwydd.

'O'r nefoedd! Be wnewch chi o'r fam 'na, Mary?'

Edrychodd Mary drwy'r ffenest ar iard yr ysgol, wrth feddwl dros ei geiriau.

'Mae hi'n procio'r tân, yn siŵr. Does gynni hi ddim isio i'r stori ddistewi. Ac mae'n biti garw, achos tase hi isio codi braw ar yr eneth, mae hi'n mynd y ffordd ore o'i chwmpas hi. Dau gwestiwn faswn i'n licio cael ateb iddyn nhw. I ddechre, ydi'r cwbl wedi dŵad o ben Wendy Woods? Mae'r peth yn bosib. 'Sdim dwy waith nad ydi Charmaine yn *upset*, a dydi hi'n cael dim llonydd gan Wendy. Mae honno fel ci hefo asgwrn. Dim rhyfedd fod yr eneth yn crio ne'n rhedeg i ffwrdd bob tro y meder hi, a faswn i'n synnu dim tase hi'n deud beth bynnag mae hi'n feddwl mae gin 'i mam isio'i glywed. Ond cwestiwn y jacpot ydi, *pam* mae Wendy'n 'i neud o?'

'Wel, os na wyddoch chi, ar ôl 'i nabod hi am faint— pedair blynedd?—ŵyr neb arall, mae arna i ofn. 'Sdim ond gobeithio y daw'r strach yma i ben cyn bo hir. Mae o'n 'ffeithio ar bawb, heb sôn am John Williams druan.'

Erbyn i'r ddwy hel eu pethau i fynd yn ôl i'r clinic, roedd y plant wedi eu gollwng i fynd adref. Wrth y giât roedd criw o famau wedi tyrru o gwmpas Wendy, a hithau'n siarad yn brysur. Doedd hi ddim wedi gweld Charmaine yn loetran wrth y wal, yn disgwyl i'r mamau eraill gasglu eu plant a diflannu cyn iddi hithau ddod at ei mam a dechrau rhincian am fideo newydd er mwyn iddi gael rhythu ar y sgrin fach tan amser gwely.

XIX

Siwt o frethyn cartref fyddai Dafydd Edwards yn ei gwisgo yn ystod yr wythnos, gan gadw'r dulwyd llyfn a pharchus ar gyfer y Sul. Dyna oedd wedi arfer ei wneud yn ei ofalaeth fwy gwladol cyn dod i Lanofal, efo'r syniad rhamantus o gael 'diwyg fel ei braidd'. Petai wedi glynu at y rheol honno yn Llanofal, byddai'n gwisgo jîns a gwasgod gwilt, ond roedd yn rhy hen, meddai. Heblaw hynny, doedd o ddim am bechu ei aelodau mwy syber.

Fel Margaret Armitage, er enghraifft. Crydcymalau oedd yn ei chadw hi rhag dod i'r capel, yn bennaf am na fedrai hi ddringo'r tair stepen o'r ffordd at y cwrt. Ar wahân i hynny, roedd hi'n eitha cryf, yn byw ar ei phen ei hun mewn byngalo ar gwr y dre, a hyd yn oed yn garddio ar gnotiau pwrpasol wedi eu codi lathen uwchben y llawr. Gresynu am y smotyn du ar y rhosod bach yr oedd hi wrth groesawu'r gweinidog ar ei ymweliad chwe misol.

'Na, mi o'n i'n mynd i neud paned p'run bynnag. Steddwch chi wrth y ffenest. Mae'r dail yn dlws, yn tydyn? Fydda i 'run chwinciad. Mae'r troli bach 'ma'n well na'r un *zimmer*.'

Cysidro roedd Dafydd a fyddai modd osgoi trafod y sgandal. Amheuthun oedd cael sgwrs yn y dre heb ryw sôn am y peth. Roedd o wedi hen flino ar y gwaith o fod yn dringar efo'r selotiaid a'u dicter cyfiawn. Gwnaeth ei orau i ymestyn y sgwrs am iechyd Mrs Armitage, a hanes pob un o'r tri ŵyr ac un wyres. Ond wrth dywallt yr ail baned, llwyddodd hithau i sleifio'r pwnc llosg i mewn.

'Go ddigalon ydi pethe tua'r capel 'ne, debyg? 'Chydig iawn o bobol ifinc yn dŵad, yn ôl dw i'n 'i glywed. A mi fedren ni neud heb yr helynt dwaetha 'ma, yn medren?'

'Ia, mae o'n achos poenus iawn.'

'Ac mae o o deulu da, yn tydi? Pwy fase'n meddwl, yntê? A'i wraig o, wrth gwrs, dw i'n nabod 'i theulu hi'n iawn. Mi fydde 'ngŵr i ar y Fainc hefo Richard Puw erstalwm. Rhyngthoch chi a fi, dw i ddim yn meddwl bod y Puwiaid wedi bod yn or-hapus hefo'r briodas; ond dene fo, fel'ne mae pobol ifinc y dyddie yma. Gwrando dim ar 'u rhieni. Mae'n siŵr bod Beryl yn difaru'i henaid erbyn hyn. A nhwthe â dau o blant! Mae 'nghalon i'n gwaedu drostyn nhw.'

'Wel, wrth gwrs, dyddie cynnar ydi hi ar yr ymchwiliad, mae'n debyg. Does dim ond gobeithio am newyddion da.'

'Wel, ia; ond does 'ne ddim mwg heb dân, nac oes? Ofn s'gin i bod y drwg wedi'i neud yn barod. Meddwl am enw da'r capel rydw i, ychi. Mae pobol mor barod i godi bys.'

Cafodd Dafydd ras i beidio â dweud 'felly dw i'n gweld'. A feiddiai awgrymu wrth un o golofnau'r achos y buasai'n well iddi hithau beidio â hel clecs?

'Ia. Mae peth fel hyn yn fêl ar fysedd rhai, mae arna i ofn. 'Sgin i ddim ond gobeithio na chollwn ni mo'r teulu. Mae Gwyn a Marian wedi bod yn ffyddlon iawn yn yr ysgol Sul.'

'Ydyn nhw wir! Tewch da chi!' Tywalltodd Mrs Armitage ddŵr poeth i mewn i'r tebot, er mai prin y byddai angen mwy o de. 'Peth cas i'r plant erill ydi o, yntê? Mae rhywun yn teimlo dros y rhieni. Mae'n siŵr 'u bod nhw'n methu gwbod be 'di'r peth gore i'w neud.'

'Wel, mae pob plentyn sy'n dŵad i'r ysgol Sul yn gaffaeliad i'r capel, yn tydi? Ac yn fendith i'r plant, gobeithio. Gyda llaw, mae hynna'n f'atgoffa i. 'Den ni'n bwriadu cynnal gwasanaeth diolchgarwch ar y cyd hefo Eglwys y Plwy 'leni . . .'

Cyn mynd, cafodd Dafydd addewid am rodd hael tuag at y casgliad diolchgarwch. Am ryw reswm teimlodd awydd i ddianc o'r dre, a throdd y car i'r chwith i fyny'r ffordd droellog tuag at yr hen gapel gwag. Roedd yno gilfach gyfleus lle gallai barcio'r car, edrych i lawr ar y dre, a chael mymryn o bersbectif ar bethau. Pylodd y golau fymryn, a daeth poeriad o law mân i'r gwynt. Lwc ei fod wedi arafu ar yr allt, neu buasai wedi cael gwaith osgoi'r lonciwr oedd yn pwffian ei ffordd i fyny, fymryn pellach o'r gwrych nag y dylai o fod. Stopiodd ei gar ar y gilfan i aros am John.

'Wyt ti'n codi cywilydd arna i, byth yn symud heb fy mhedair olwyn. O'n i wedi bwriadu dŵad draw i edrych amdanat ti. Gymri di reid adre, gan 'i bod hi'n dechre bwrw?'

Edrychodd John yn syn, fel pe bai o heb sylwi ar y glaw.

'Wel, dw i'n reit fudr.'

''Mots am hynny. Dw i fawr o un am gadw sglein ar y car.'

Wedi i'r ddau setlo yn y car, oedodd Dafydd cyn cychwyn yr injian.

'Dw i'n cydymdeimlo hefo ti o waelod 'y nghalon.'

Mwgwd oedd wyneb John.

'Celwydd ydi o.'

'Hyd yn oed tase fo'n wir, mi faswn i'n cydymdeimlo hefo chdi.'

'Ffordd glyfar ydi hynna o ddeud nad ydech chi ddim yn siŵr?'

'Mae gin i berffaith ffydd ynat ti.'

'Ia, ia.' Llais blinderus. 'Ond ma' 'na ymchwiliad, a 'dech chi ddim yn mynd i ragfarnu. Dene be ma' pawb yn 'i ddeud. Yn y cyfamser, dw i'n euog. A sut ddiawl dw i'n mynd i brofi nad ydw i ddim? Wrth gwrs, mae'n anodd i chi, a'ch gwraig chi'n Gyfarwyddwr. Hi sy'n gyrru Gwen Hughes ar f'ôl i.'

'Wn i ddim be wyt ti'n 'i ddychmygu, ond mi alla i

ddeud wrthat ti bod pawb yn cadw'u cyfrinache yn tŷ ni. Meddwl amdanat ti dw i—a Beryl, a'r plant.'

Doedd gan John yr un ateb. Syllodd y ddau ar y dre oddi tanynt, y toau'n dywyll yn y lleithder a phigdwr yr eglwys yn codi'n llwyd.

''Mond pigo bwrw ma' hi. Mi reda i adre, rŵan 'mod i 'di cael 'y ngwynt ata. Diolch am gynnig lifft i mi.'

A chythrodd John o'r car, gan adael mwd ar y mat rwber ac oglau chwys ar ei ôl.

XX

Roedd Ford Escort oedrannus wedi'i barcio y tu allan i 110, Flintshire View. Roedd Kevin gartref. Bob rhyw bythefnos neu dair wythnos y byddai'n dod i fwrw'r Sul, gan fod yr hen gar yn yfed tipyn o betrol. Doedd ei waith yn Hammersmith ddim yn ysgafn, chwaith, a Wimpey yn pwyso arnyn nhw o hyd i orffen cyn pryd. Byddai hynny'n golygu bonws, felly roedd yna abwyd i gadw'r dynion yn gweithio oriau hir ac ambell ddydd Sadwrn. Roedd hon wedi bod yn job dda, wedi para chwe mis yn barod, fymryn yn hirach na charwriaeth Kevin a Wendy.

Gwallt oedd yr atyniad mawr rhyngddynt. Yn y Clwb, roedd llygaid Wendy wedi eu tynnu'n syth at yr hogyn cyhyrog â chynffon fain o wallt yn tyfu o'i war, tra oedd y gweddill wedi'i docio bron at ei benglog. Aeth ato i ofyn iddo gynnau ei sigarét, ac ni allai Kevin byth ymwrthod â blonden. Yn y gwanwyn y bu hynny, ac roedd y berthynas wedi sadio dros yr haf. Deuai Kevin â digon o arian adref i brynu deunydd plesera ar gyfer nos Sadwrn a dydd Sul, ac fe gâi Wendy ddyddiau tawel wedyn i ddweud yr hanes wrth ei chwaer ac i dacluso'r tŷ erbyn y tro nesaf.

Yn oriau mân y bore y cyrhaeddodd Kevin, yn ôl ei arfer. Roedd Wendy wedi aros ar ei thraed, ac yn barod efo paned a phaced newydd o fisgedi siocled.

'Dwi isio siarad hefo ti cyn i ti weld Charmaine. Wn i ddim sut y bydd hi hefo chdi y tro 'ma. 'Den ni 'di cael helynt ofnadwy ers y tro dwaetha oeddet ti adre.' Aeth pedair sigarét i fyny mewn mwg cyn i'r hanes ddod i ben. 'Dwi 'di deud wrthi nad oes angen iddi fod â d'ofn di, ond w'rach y base'n well i ti beidio cynnig 'i chario hi ar dy gefn, rhag ofn.'

'Ges i rioed drwbwl efo hi, naddo? Dwi 'di dŵad â *Mutant Turtle* iddi. Tyd i dy wely. Dwi'n *knackered*.'

Ac yn wir, braidd yn ddistaw oedd Charmaine drannoeth, er ei bod yn amlwg wrth ei bodd gyda'r *Mutant Turtle*. Cariodd ef yr holl ffordd i'r archfarchnad pan aeth y tri i siopa. Byddai Wendy yn mwynhau gwario arian Kevin ar ddeunydd gloddesta, cig eidion a gwin, hufen iâ *rum and raisin*, creision, a digon o 'ganiau' at fin nos.

'Gei di fynd i dŷ Tracey heno, i chwarae hefo Michael a Kirsty. Wyt ti'n licio hynny, yn dwyt? Gei di fynd â bagiad mawr o greision, a fideos hefo ti. Ddaw Kevin i'ch nôl chi i gyd yn y bore i fynd i'r parc.'

Drannoeth, edrychai Charmaine yn hapusach. Roedd Kevin yn dda efo plant, ac yn ymweld â'i blant ei hun yn rheolaidd, er na fyddai byth yn sôn am hynny wrth Wendy. Pwt o ffordd oedd hi o dŷ Tracey i'r parc ar gyrion y stad. Buasai'r lle wedi edrych yn ddeniadol iawn oni bai am y sbwriel a'r baw cŵn, oedd yn waeth nag arfer ar fore Sul. Paent coch a glas y llithren a gweddill y gêr, ac anoracs lliwgar y plant, a'u gweiddi uchel, oedd yn codi ysbryd y lle. Nid bod angen codi ysbryd y plant. Aeth Michael yn syth am y ffrâm ddringo, a Kirsty a Charmaine i frwydro am le ar y llithren.

'Hey, Kev, drycha lle dw *i*!'

'Grêt! Faswn i'n gallu gneud hefo un fel ti ar y *site* 'cw. Tyd i lawr yn ara deg a cer i fyny eto.'

Taniodd Kevin sigarét ac edrych allan o'r parc, nid i'r dde lle'r oedd tai unffurf yn cuddio pob llathen o dir, ond at y bryniau brown, gaeafol i'r chwith. Roedd o'n ddigon cartrefol yn Llanofal, yn cael ambell noson nwydwyllt efo Wendy, dim trwbwl efo'r plant, pobol y stad yn dweud 's'mai?'. Ond yr unig beth nad oedd arno ei eisiau oedd bod yng nghanol unrhyw helynt. Tybed oedd Wendy'n mynd fymryn bach dros y top hefo busnes y *teacher* yna? Roedd hi'n cyfeirio at y peth byth a hefyd, ac o flaen Charmaine hefyd. Dim rhyfedd bod y fechan yn edrych yn annifyr. Braidd nad oedd Kevin yn amau fod Charmaine yn byhafio'n wahanol allan o olwg ei mam. Roedd hi wedi bod yn iawn efo fo heddiw, beth bynnag. O wel, byddai'n ôl ar y *site* fory, a'r cwbl wedi chwythu drosodd erbyn y tro nesaf, siawns.

'Kev, dwi isio mynd ar y siglen.'

'C'mon 'te. Kirsty gynta, Charmaine wedyn. Gafel yn dynn, rŵan. Wyt ti'n mynd reit i'r awyr.'

'Fi sy i gael y reid gynta adre. Kirsty gafodd y tỳrn cynta ar y siglen.'

Edrychai wyneb crwn Charmaine i fyny arno'n hollol ddiniwed. Cododd Kevin hi'n sydyn ar ei gefn cyn i'r diniweidrwydd bregus ddiflannu.

XXI

'Paid ag agor y pacedi creision nes bydd pawb yma. Gei di a Gwyn neud rhyw bethe felly wrth i ni gael te. Dy job di fydd edrych ar ôl dy ffrindie; hynny ydi, os gelli di dynnu dy feddwl oddi ar yr holl bresante 'ma sy gen ti, yntê?'

Roedd Mair wrthi'n rhoi'r selsig bach ar briciau plastig, wrth ei bodd yn creu hwyl a sbri. Biti bod Tec yn tyfu. Yn fuan iawn—y tro nesaf, mae'n siŵr—byddai'n gofyn am gael mynd i McDonalds ar ei ben blwydd yn lle cael parti gartref. Ond y tro yma, roedd hi wedi cael y pleser o osod balŵns o amgylch waliau'r stafell wydr, a thynnu'r lliain plastig wedi'i brintio â'r geiriau *Happy Birthday* allan o'r gist. Biti nad oedd rhai tebyg i'w cael yn Gymraeg. Byddai'n werth awgrymu hynny i Siop y Traeth.

Daeth deuawd soprano o'r drws cefn. 'Pen blwydd ha-pus i ti, pen blwydd ha-pus, o Te-ec, pen blwydd ha-pus i ti.'

'Tyd drwodd, Beryl. O, chware teg i ti am ddŵad â phresant, Gwyn. Cerwch chi hogie i'r gegin i'w agor o.' Roedd Mair am ddangos y gacen i Beryl, ac eisiau cefn y bechgyn er mwyn ei thynnu i lawr o ben y cwpwrdd.

Canodd y ffôn.

'Helô, Monica. Ia. Ddim yn dŵad? O, diar! O, dene biti.' Yn sydyn, aeth wyneb Mair yn fflamgoch. 'Wel, dene fo. Chi sy'n gwbod orau, yntê? Diolch am ffonio. Wela i chi. Hwyl rŵan.'

Wrth weld Beryl yn edrych yn bryderus arni, roedd Mair mewn dryswch llwyr. 'Yr efeillied ddim yn dŵad.' Roedd Beryl yn yr un dryswch, yn cysidro allai hi ofyn pam, ac a allai hi oddef yr ateb pe câi hi un. Daeth rhyddhad o ganiad y gloch, a dihangodd Mair at y drws ffrynt, i roi croeso brwd i fab y gweinidog Wesle.

'Dos i'r gegin, Gwilym. Mae Tec a Gwyn yno.'

Cyn iddi gyrraedd yn ôl i'r tŷ gwydr, canodd y ffôn eto.

'Methu dŵad? O, mae'n ddrwg gen i. Gobeithio y bydd hi'n well. Diolch am adael i mi wbod.'

Gwnaeth ymdrech. 'O wel, dene ni. Y cownt i lawr o dri. Pedwar arall i ddŵad. Mwy o fwyd i ni, *a* mwy o falŵns.'

Ond ddaeth neb arall, a chanodd y ffôn ddim wedyn.

'Pam na wnei di ffonio adre, a gofyn i John ddŵad â Marian aton ni?' Brathodd Mair ei thafod rhag dweud 'fydd y bwrdd ddim yn edrych cweit mor wag wedyn'.

'Mi a' i i'w nôl hi,' meddai Beryl, mewn mymryn o banic. 'Fydd John ddim yn gwbod be i'w roi amdani.'

Ceisiodd Mair wasgar pedwar plentyn o gwmpas bwrdd a oedd wedi'i osod i ddeg. Heb yn wybod iddi, gwnaeth ffŷs fawr o Gwilym, gymaint oedd ei gwerth-fawrogiad ei fod yno. Byddai'n ddyledus i'w fam am byth am adael iddo ddod. Y Mans yn gosod esiampl! Yn anffodus, doedd neb yn ei dilyn. Wrth i Bryn a hithau fynd ati i godi hwyl efo clecwyr a hetiau papur, teimlent eu hunain yn ymddwyn yn wirionach na'r plant, wedi i'r embaras droi'n wamalrwydd. Y broblem oedd, beth i'w wneud ar ôl te, efo criw mor fach? Roedd Bryn yn dda mewn argyfwng.

'Rŵan, mae gin i syrpreis i Tec. Ar ôl te, 'den ni hogie'n mynd i Fowlio Deg. Iawn?'

Roedd euogrwydd yn drwm ar Beryl. Piciodd adre a daeth yn ôl i ddweud: 'Os ei di heibio'n tŷ ni, Bryn, mi

94

ddaw John hefo chdi i helpu cadw trefn ar y rapscaliwns 'ma.'

Cyn gynted ag y caeodd y drws y tu ôl i'r bechgyn, rhoddodd Mair y tecell i ferwi.

'Wyt ti a fi'n mynd i iste i lawr hefo paned cyn 'n bod ni'n meddwl am glirio'r bwrdd. Fydd Marian yn iawn hefo Lego dw i'n siŵr.'

Beryl dorrodd yr iâ.

'Mair, gan nad wyt ti ddim yn deud, mi ddweda i. O'n hachos ni ddaru'r plant i gyd gadw draw, yntê? Gwbod y bydde Gwyn yma. A ninne, wrth gwrs.'

Ymystwyriodd Mair yn anghysurus.

'Nage, wel, dwn i ddim. Oedd gin Jennifer gur yn 'i phen, medde'i mam.'

'Yr argien fawr! Glywest ti rioed am blentyn yn magu cur pen ar ddiwrnod parti? Mair, paid â deud os nad wyt ti isio, ond wnes i ddallt fod Monica wedi dweud rhwbeth? Fase'n well gin i gael gwbod, w'sti.'

'Base, debyg. O, tydi pobol yn hurt! Yr hen gnawes. Ddim isio i'r efeillied gymysgu hefo . . . O, paid â chymryd atat, Beryl.'

'Be ddeudodd hi? *Perverts?*'

'Rhwbeth fel'ne.'

Neb yn siarad. Dim ond Marian yn swnian â hi ei hun uwchben y Lego.

'Fel tase hi ddim yn ddigon i *ni* ddiodde, heb i'n ffrindie ni 'i chael hi hefyd. Mair, dwn i ddim be i'w ddeud.'

''Sdim isio i ti ddeud dim byd o'n rhan ni, w'st ti. 'Di Bryn a fi ddim yn mynd i gymryd sylw o ryw hulpod twp fel'ne.'

'Sawl gwaith glywes i bobol yn dweud—ar adeg fel

hyn 'dech chi'n cael gwbod pwy 'di'ch ffrindie chi. Dwi 'di gneud darganfyddiad mawr. Mae o'n wir! Dwi'n gwbod dy fod di a Bryn yn barod i fod yn gefn i ni drwy bopeth, ond y peth sy mor annioddefol ydi bod Tec yn gorfod diodde. Ydi o'n 'i cha'l hi yn yr ysgol, ti'n meddwl?'

'Dim byd mawr, 'sti. Delyth ydi'i athrawes o, ac os daw 'na rwbeth i'w chlustie hi, mi roith hi stop arno fo'n syth. Yn ôl be dw i'n 'i glywed, mae'r athrawon i gyd o blaid John.'

'Dydi o ddim yn braf iddyn nhw chwaith, nach'di? Mae isio bod yn ddewr i gefnogi dyn dan gwmwl.'

'Sut ma' John, 'te?'

'Mae o wedi bod yn go lew. Y dicter yn 'i gadw fo i fynd. Ac mae o'n cael rhyw sbardun rhyfedd o'r loncian 'ma. Dwi'm yn dallt y peth fy hun, ond pan mae o wedi ymlâdd yn go-iawn, mae o fel 'dase fo'n fwy penderfynol i ddŵad drwyddi. Ond mae pob wythnos yn waeth na'r un cynt. 'Den ni'n dau'n gwbod y gallith o golli'i waith, ond feiddia i ddim sôn wrtho fo. Feder o ddim wynebu . . .'

Diffoddodd y frawddeg mewn dagrau. Mwmiodd Mair y synau dieiriau fydd mam yn eu gwneud i gysuro'i phlentyn, ond doedd Beryl ddim yn un i ollwng gafael am fwy na munud. 'Sori, crio ar d'ysgwydd di fel'ne. Dwi'n iawn rŵan. Mae Bryn wedi safio'n bywyd ni, yn mynd â'r hogie i'r Bowlio. Faswn i'n licio gwneud rwbeth i wneud iawn i Tec am 'i barti.'

'Faswn i'n licio blingo'r bobol sy'n gneud sterics yn yr ysgol 'na. Paid ti â phoeni am Tec. Mae o'n hanner addoli Gwyn, a 'di Bryn a fi ddim isio iddo fo golli ffrind.'

Roedd hi wedi naw o'r gloch pan ddaeth Bryn, John a'r bechgyn adre. Rhoddodd Mair ddarn mawr o gacen i Gwilym i fynd i'w chwaer fach, gan obeithio y byddai'i fam yn deall. Hebddo fo, allen nhw ddim fod wedi ffugio cynnal parti o gwbl.

'Can, John? Be gymri di, *lager*? Drychwn ni ar y ffilm hwyr, ia?' Teimlai Bryn ei bod yn hen bryd ymlacio.

'Diolch i ti 'run fath. Dwi'm ffit i sgwrsio efo dyn nac anifail. Faswn i'n meddwi'n chwil, ne rwbeth gwaeth. Mae gin i awydd mynd i baffio hefo plismon, ne sgwennu graffiti—ia, dene syniad, allwn i sgwennu graffiti ar swyddfa'r NSPCC.' Gwamalu a min arno fo.

'Mi ddo i hefo chdi.'

'Na, ddoi di ddim. Dim iws i ni'n dau fod yn y *nick* tan y bore. Fydd isio i ti ddŵad i 'nghael i allan ar *bail*. Na, o ddifri, mi a' i fy hun, os ydi o ddim ots gen ti. Fedret ti mo 'nal i p'run bynnag. Un peth dwi *yn* medru'i neud y dyddie yma ydi rhedeg.'

Nid i'r dre yr aeth o wedi'r cwbl. Aeth adref gyntaf, i nôl tors o'r garej, ac yna i ffwrdd ag ef ar hyd Rhodfa'r Arglwyddes at y bompren. Lwc ei bod hi'n sych. Gallai weld o gwmpas ei draed yng ngolau'r dors, ond roedd hi'n rhy dywyll i redeg. Bron iddo sathru ar ddraenog. Teimlai'r coed yn fyw o'i gwmpas, a chlywodd ambell grensian mewn twmpath o ddail. Gwelodd gynffon mochyn daear yn plymio rhwng y mieri. Rhyfedd bod y byd yn llawn o greaduriaid, creaduriaid heb wybod dim am drallod dynion. Pob un drosto'i hun oedd hi iddynt hwythau, debyg, heb ddim ond gwyliadwriaeth ddi-baid yn eu cadw'n saff tan y bore. Naïf fyddai disgwyl am gyfiawnder neu chwarae teg. Gwannaf gwichied.

Wrth iddo gyrraedd y bompren, cododd y lleuad i oleuo'r dŵr brown yn yr afon chwyddedig. Roedd y grisiau i lawr at y bont yn llithrig gan ddail a mwd. Gafaelodd John ym môn bedwen i'w sadio'i hun, a daeth gwynt oer i fyny'r afon i frathu drwy ei anorac. Pallodd ei egni'n sydyn, ond doedd yno unlle i orffwys. Doedd dim i'w wneud ond ymlwybro adre, yn wag o deimlad, heb amgyffred dim ond yr angen i roi un droed o flaen y llall.

XXII

'Sut oedd Kev, 'te?'

Gwyddai Tracey o'r gorau fod Kevin yn iawn, a gwyddai Wendy hefyd nad am ei iechyd yr oedd Tracey'n holi. Byddai'r ddwy yn arfer cyfarfod ar fore Llun i gnoi cil ar ddigwyddiadau nos Sadwrn neu ddydd Sul. Gan fod Tracey heb gariad ers rhai misoedd, ychydig oedd ganddi hi i'w gyfrannu, a gallai roi ei holl sylw i gyfaddefiadau gogleisiol Wendy. Heddiw, roedd Wendy wedi gwagio'r dysglau lludw, wedi taflu'r caniau gwag i'r sbwriel, ac wrthi'n rhoi golch yn y peiriant.

'Gwna di'r baned. Mi ddo i atat ti rŵan. O, oedd o'n OK 'sti. Diolch i ti am gymryd Charmaine nos Sadwrn. O diar! Faset ti'n meddwl y base fo'n slofi dipyn bach erbyn hyn, yn baset? Dwi 'di bygwth rhoi *bromide* yn 'i de fo tro nesa. A deud y gwir, dwi ddim yn siŵr be i'w wneud. Tase'r jobyn yma yn Hammersmith yn dŵad i ben, mi fase fo yma'n barhaus, a dwn i ddim cweit ydi o'r dyn iawn i fod fel tad i Charmaine.'

'Pam felly? Oedd yr hen blant 'di cael hwyl iawn hefo fo yn y parc ddydd Sul, 'swn i'n meddwl.'

'Wel, ddeudes i wrtho fo am fod yn ofalus, am fod gan Charmaine gymaint o ofn dynion jest rŵan. A mi ges i *chat* fach hefo hi bore dydd Sadwrn, a deud wrthi hi na 'sdim raid iddi fod 'i ofn o, ond doedd hi ddim fel tase hi'n gwrando rhyw lawer. Ond be sy'n 'y mhoeni fi hefo Kev ydi nad oedd o ddim yn cymryd y peth o ddifri chwaith. Nid 'i fod o 'di deud dim byd, ond roedd *instinct* mam yn deud wrtha i nad oedd o ddim yn sylweddoli'r peryg. Ac os dwi'n mynd i gael dyn yn y tŷ 'ma, mae'n rhaid iddo fo fod yn *hundred per cent* saff. Alla i ddim cymryd un smijin o *risk* lle mae Charmaine yn y cwestiwn.'

Torrwyd ar y sgwrs gan gloch y drws. Aeth Tracey at y ffenest.

'O, Harry sy 'na. Mi geiff o 'mhaned i. Mi ddo i'n ôl ar ôl cinio. Ta-ra.'

Sylwodd Harry ar gyfeillgarwch y ddwy chwaer. Roedd eisoes wedi sgrifennu yn ei adroddiad fod y teulu'n glòs ac yn cynnal ei gilydd. Cynnal y teulu oedd ei amcan yntau, gwaith oedd yn haws i'w wneud am ei fod yn cael cymaint o groeso. Rhywle yn nyfnderoedd ei feddwl roedd yr awydd i wobrwyo teulu a oedd, fel yntau, ar flaen y gad yn erbyn cam-drin rhywiol.

Nid ei fod yn esgeuluso'r teulu Williams. Byddai'n galw o leiaf unwaith yr wythnos, ond fyddai'r tecell byth yn berwi yng Nghlos Derw. Ailadrodd yr un fformwla fyddai John Williams bob tro: 'Dwi erioed wedi cam-drin yr un plentyn yn fy mywyd'. Doedd dim arall i'w gael ganddo. Diflannu i'w lofft y byddai Gwyn cyn gynted ag y gwelai'r car coch, ac edrych allan o'r ffenest i wneud yn siŵr nad oedd ei dad yn mynd o'r tŷ. Byddai Beryl bob amser yn mynd â Marian i ystafell arall ar ryw esgus neu'i gilydd. Roedd Harry wedi cynnig lle i'r fechan yng ngrŵp chwarae'r NSPCC dros yr hanner tymor, a chael ei wrthod yn foesgar gan Beryl. 'Gan 'mod i'n gweithio a hithau yn yr ysgol, dwi ddim yn cael cymaint o gyfle ag y baswn i'n hoffi i'w gweld hi fy hun. Diolch yn fawr yr un fath. Ac mae Taid a Nain ar gael pan fydda i'n methu gwarchod.' Wnaeth hi ddim ychwanegu nad oedd ganddi awydd i'w phlant hi gymysgu â phlant oedd ei gwir angen nodded o'r fath.

Doedd Harry ddim am dderbyn fod yr ymchwiliad wedi aros yn ei unfan. Amynedd piau hi. Fe ddeuai rhywbeth i'r golwg. Yr oedd eisoes wedi gwneud y peth pwysicaf, sef gwahardd John Williams rhag dod yn agos i'r ysgol, a bellach gallai roi ei egni i gysuro'r dioddef-wyr. Roedd ganddo ddiddordeb yn Kevin hefyd.

'Sut mae Charmaine?'

'Wel, 'den ni wedi cael *weekend* reit anodd. Dydi hi ddim yr un eneth ers yr helynt. Dw i'n dweud wrthi hi nad ydi pob dyn ddim 'run fath â John Williams, ond roedd hi'n ddistaw iawn tra oedd Kevin yma. Wir, mi gyrres i hi at fy chwaer nos Sadwrn, iddi hi gael bod hefo plant erill, a chael dipyn o sbri hefo fideos. A deud y gwir, roeddwn i 'di meddwl cael gair hefo chi ynghylch Kevin. Mae gen i ryw deimlad rhyfedd, fedra i ddim rhoi bys arno fo, ond rhyw deimlad nad ydi pob peth ddim cweit yn iawn. *Instinct* mam, mae'n siŵr. Be 'dech chi'n feddwl y dylwn i 'i neud?'

Sipiodd Harry ei goffi'n feddylgar.

'Wel, wrth gwrs, dwi ddim yn nabod Kevin. Yn

gyffredinol, mi faswn i'n dweud 'i fod o'n beth da i Charmaine gael rhywun i lenwi rôl tad, ond os ydech chi'n gofyn i mi ai Kevin ydi'r person iawn, alla i ddim deud ar hyn o bryd. Chi a Charmaine ydi'r unig rai all ateb hynny. Faswn i'n awgrymu'ch bod chi'n sylwi'n fanwl ar sut mae'r ddau'n dŵad ymlaen hefo'i gilydd. Mae gen i berffaith ffydd y byddwch chi'n gweld ar unwaith os bydd rhywbeth o'i le.'

'Wel, mae Charmaine a finne mor glòs, dwi'n gwbod yn syth pan fydd 'na rywbeth yn 'i phoeni hi. A dyna 'di'r teimlad rydw i'n 'i gael rŵan. Mae 'na rywbeth na feder hi mo'i ddeud wrtha i.'

'A sut mae pethe yn yr ysgol?'

'Mae Charmaine yn licio'r ysgol, achos mae hi'n *bright* iawn. Wrth 'i bodd hefo llyfrau. Ond mae 'na dipyn bach o *atmosphere*, fydda i'n meddwl, yn enwedig yn y P.T.A. A deud y gwir, dwi ddim yn meddwl 'i fod o'n beth da fod yr ymchwiliad yma'n dragio 'mlaen. Mae isio setlo'r peth unwaith ac am byth. A tase Mr Williams yn cael 'i le'n ôl, mi fase'n rhaid i mi symud Charmaine oddi yno, a nid fi fase'r unig un. Mae'r mamau erill yn benderfynol. Ma' nhw mor ddiolchgar 'mod i 'di codi twrw. Mae raid i rywun, yn does?'

Trueni na fuasai pob rhiant yn cymryd eu cyfrifoldeb yr un mor ddifrifol, oedd teimlad Harry. Roedd y cytundeb cynhaliol rhyngddo ef a Wendy yn creu awyrgylch braf o'u cwmpas, ac roedd arno awydd ymlacio yn y gyd-gymeradwyaeth. Ond na, roedd hi'n fore dydd Llun, a chynhadledd arall yn ei ddisgwyl am hanner dydd. Aeth i ffwrdd gan gyfansoddi nodyn ar gyfer ei adroddiad, 'Mae Wendy Woods yn ferch sy'n gallu rhoi blaenoriaeth i ddiogelwch ei merch ar draul ei bywyd carwriaethol ei hun'.

XXIII

Amser chwarae ar bnawn dydd Gwener. Diolch byth! Agorodd Beryl y drws i ystafell yr athrawon a theimlo chwa fel petai pawb yn cymryd eu gwynt atynt. Clywodd ddiwedd brawddeg yn cael ei chipio i'r distawrwydd, 'dim mwg heb dân, nac oes?'. Pawb yn rhewi am y ddegfed ran o eiliad, ac wedyn pawb yn symud ar unwaith. Dau neu dri llais yn cychwyn efo'i gilydd, 'Ew, ma'i 'di oeri, yn tydi?' Safodd Beryl yn stond, a chlywed ei llais ei hun fel petai'n dod o gorn siarad: 'Faswn i ddim mor siŵr am y mwg! Mae 'na fwg fel y fagddu yn tŷ ni, ond mi fedra i'ch sicrhau chi nad oes 'na 'run llygedyn o dân!' Caeodd y drws yn glep a rhedeg yn ôl i'w dosbarth i roi'i phen ar y ddesg a beichio crio.

Cofiai amser pan oedd nos Wener yn nefoedd. Taflu bwndel o waith marcio i gefn y Mini, rhoi tâp yn y slot a throi trwyn y car am y gorllewin. Unwaith allan o'r Fflint, roedd y ffordd yn hawdd i Lanofal, a hithau wrth ei bodd yn mynd adref. Doedd pethau ddim felly bellach. Doedd wybod sut noswaith oedd o'i blaen hi.

Roedd yna ddamwain wedi bod ar allt y Rhuallt, a cheir heddlu ac ambiwlans yno'n fflachio goleuadau. Dynion yn taenu blanced dros rywun ar drestl. Wel, o leia mi ryden ni'n fyw, meddyliodd. Magodd blwc. Os na fyddai hi'n siriol, mi fyddai'r plant yn flin, a doedd dim disgwyl i John godi hwyl.

'Iw-hw! Dw i adre!' Yn y lolfa yr oedd y tri, Gwyn yn edrych braidd yn swrth ar y teledu, a Marian yn chwarae efo sbectol ei thad.

'Wyt ti ddim 'di gwisgo dy lensiau heddiw?'

'Naddo. I be, yntê? Marian, paid rŵan. Dene eneth fach dda.' Ond roedd y tegan newydd yn rhy ddeniadol. Bob tro y byddai John yn rhoi Marian i lawr, roedd hi'n dringo'n ôl ar ei lin yn syth, a'i llaw'n palfalu am ei drwyn. Yn y sgarmes, syrthiodd y sbectol wrth draed Gwyn. Wnaeth yntau ddim osio i'w chodi.

Aeth Beryl â Marian efo hi i'r gegin. Gallai ei dandwm yno wrth baratoi'r te.

Dim ond crystyn oedd yn y croc bara. Rhoddodd Beryl ei phen drwy'r drws bach i'r lolfa.

'John, faset ti'm yn picio i'r siop gornel i nôl torth? Ges i'm siawns i siopa ganol dydd.' Styriodd John yn anfoddog.

'Ellith Gwyn fynd, yn gellith? Gwyn, brysia, nei di?'

'O-o! Dw i'n watsio *Superman*.'

Aeth Beryl yn ôl drwy'r lolfa a sefyll yn nrws y cyntedd.

'Dw i'n mynd i fynd allan a dŵad i mewn yn f'ôl, i ni gael ailddechre ar heno.' Cododd ei hagoriad, ac aeth allan drwy'r drws ffrynt a'i gau ar ei hôl. Yna, rhoddodd yr agoriad yn y clo ac ailagor y drws.

'Iw-hw! Dw i adre!'

Y tro yma, cododd John i'w gwasgu a'i mwytho.

'Dw i *yn* falch o dy weld ti, 'sti.'

'Dw i'n gwbod. Sut wyt ti?'

'Dal i fynd. A' i i nôl y dorth 'ne'n syth bìn.'

Aeth yn eithaf hwyr ar y plant yn mynd i gysgu, a Marian yn swnian sawl tro am gael stori arall. Mae'n rhaid nad oedd John yn rhoi llawer o hwyl yn y darllen, oherwydd wedi iddo ddarllen dwy stori, mynnodd Marian fod ei mam yn dod i ddarllen y drydedd. Setlodd John ar y soffa efo Gwyn i wylio'r chwaraeon, a'r un o'r ddau'n dweud llawer. Wedi i'r plant fynd i gysgu yn y diwedd, gosododd Beryl ddwy baned o goffi ar y bwrdd bach wrth y soffa.

'Dw i ddim yn mynd i farcio heno, waeth be ddaw.'

'Ti 'di blino.'

'Do. Fydden ni ddim yn arfer bod fel hyn, na fydden?'

'Fy mai i ydi o. Dw i da i ddim. Cha i ddim mynd i 'ngwaith, dw i da i ddim yn y tŷ, a dw i'n fawr o dad chwaith.'

'Rŵan, rŵan. 'Sdim isio bod fel'ne, nac oes? Rhaid i ti beidio bod yn isel, 'sti.'

'Haws deud na gneud. Dyma hi jest yn hanner tymor. Meddylia. Dw i 'di colli hanner tymor o ddysgu! A 'sdim affliw o ddim byd yn symud! Wn i'm pryd y ca i fynd yn ôl fel ma' pethe.'

'Fase well i ti gael gair hefo Heddwyn?'

'Wn i'm faint gwell fydda i.'

'Wel, ma' raid i ni fyw drwy heno. Un dydd ar y tro.' Ciciodd Beryl ei thraed yn rhydd o'i sgidiau, a swatiodd â'i phen ar ei frest. 'Wn i'm i be ti isio gwisgo'r hen siwmper racs 'ma o hyd,' meddai'n gysglyd.

XXIV

Dim ond ar ddiwedd mis y byddai Dafydd yn edrych ar ei ddyddiadur cyhoeddiadau. Roedd cofio ble roedd o i fod am bedwar Sul yn ddigon, heb edrych ymhellach. Ar y bore Llun olaf ym mis Hydref, felly, y gwelodd fod ganddo Sul yn Sir Fôn ym mis Tachwedd. Dechreuodd deimlo braidd yn anesmwyth.

'Fase pethe'n haws i ti taset ti ddim yn ŵr i mi?' oedd cwestiwn pryfoclyd Gwawr pan ddywedodd wrthi.

'Fase hi ddim yn haws talu biliau, na fase?' Un o'i jôcs oedd mai ei wraig oedd yn ei gadw.

'Wel, byhafia, 'te!' Crychodd Gwawr ei wallt wrth godi o'r bwrdd swper i nôl y pwdin. Aeth yntau â'r platiau i'r sinc heb roi trefn ar y stwcyn doniol ar ei dalcen. 'Wyt ti'n mynd i ddeud wrth John dy fod ti'n debyg o weld 'i rieni fo?'

'Fydd raid i mi, yn bydd? Dw i ddim yn meddwl 'i fod o wedi bod adre ers yr helynt. Yn 'i gragen mae o, fel dw i'n dallt.'

'Smo'r help bod pethe'n cymryd cymint o amser, w'st ti. Mae gofyn trio bod yn deg hefo pawb.'

'Do'n i ddim yn gweld bai arnat ti, pwt. Nac ar dy waith di. Ond mi faswn i'n licio rhoi mymryn o gysur i'r hen Williamsys druan. Nid 'u bod nhw mor hen. Prin ddeng mlynedd yn hŷn na fi, ddyliwn. Mae'n debyg 'mod i'n 'u gweld nhw'n hen am 'u bod nhw'n henffasiwn. Ffarmwrs Cymraeg duwiol. 'Sdim lot ohonyn nhw ar ôl.'

'Ydi hynny'n gneud 'u mab nhw'n ddieuog?'

'Cwestiwn da. Dafad ddu ymhob teulu, yn nheulu'r Mans yn amlach nag unlle. Ti'n meddwl mai Rhys ni 'di

Treisiwr Trent? Na, dw i'n dallt be s'gin ti. Fedri di ddim barnu ar sail hanes teulu. Tystiolaeth sy isio. Ond does gin ti'm lot o hwnnw chwaith, nac oes?'

Fel yr ofnai Dafydd, ar Edwart a Ruth Williams yr oedd y ddyletswydd o roi cinio i'r pregethwr wedi disgyn y Sul hwnnw. Penderfynodd yntau mai'r peth gorau fyddai torri'r garw yn syth a chynnig ei gydymdeimlad wrth gyrraedd y tŷ. Roedd Ruth, fodd bynnag, yn fodlon gadael y drafodaeth i'r dynion.

'Mi a' i i 'morol am y cinio. W'rach base Mr Edwards yn licio cael cip ar y gwartheg?'

Wrth bwyso ar y giât i'r cae dan y tŷ, felly, y tywalltodd Edwart ei ofid. Y peth tristaf i Dafydd oedd y moesgarwch oedd yn rhwystro'r hen ffarmwr rhag ymbil am help.

'Dw i'n siŵr bod pawb yn gneud 'u gore. Ond mae o'n amser hir. Mae'i fam o'n poeni'n arw, poeni'n arw.'

'Mae o'n siŵr o fod yn bryder mawr iawn i chi.'

'Mae enw da'n werth y byd, yn tydi? Wedi colli hwnnw, ma' rhywun 'di colli popeth, yn yr hen fyd yma, beth bynnag.'

'Parch s'gin bawb i chi fel teulu, wyddoch chi.'

'Pawb ffor' hyn 'di bod yn garedig iawn, raid i mi ddeud. Neb wedi taflu sen. Ar adeg fel hyn mae rhywun yn gwbod pwy 'di'i ffrindie fo, yntê? A diolch i'r Brenin Mawr amdanyn nhw. Ond poeni am yr hogyn ryden ni. Ac am Beryl. Mae hi'n gefn da iddo fo, chwarae teg. A'r plant druain! Y pethe bach.' Begera cydymdeimlad fase hyn gan rai, ond roedd torcalon gonest Edwart Williams fel yr haul. 'Dim ond gobeithio y daw'r gwir i'r golwg. Fase John byth yn gneud drwg i 'run plentyn. 'Den ni'n siŵr o hynny.' Doedd yr un o'r ddau'n edrych ar ei gilydd. Edrych i'r cae yr oedden nhw, ar y llo bach glas yn pori rhwng ei fam a'r gwartheg duon.

'Mi fase'r Misus yn falch o glywed pryd y gwelsoch chi nhw i gyd, a sut mae'r plant, a phopeth. Oedden ni wedi gobeithio cael 'u gweld nhw tua'r hanner tymor 'ma, ond doedd Beryl ddim yn cael yr un dyddiau â Gwyn, ne mi oedd 'ne ryw anhawster neu'i gilydd. 'Den ni'n cael sgwrs ar y ffôn, wrth gwrs, ond dydi hynny ddim yr un peth, nach'di? A 'di John ddim yn deud rhyw lawer. Felly, gobeithio gnewch chi faddau i ni am holi dipyn bach arnoch chi, Mr Edwards. Os nad ydi hynny'n cymryd gormod o fantais? Fase'n well i ni fynd i edrych lle mae Ruth arni hefo'r cinio?'

Oni bai fod Dafydd wedi cael brecwast cynnar, buasai'r cinio wedi'i lethu. Gweld bod y ddau mor hael a chroesawgar yng nghanol eu gofid oedd yn loes, yn enwedig o feddwl nad oedd yntau'n talu mesur llawn yn ôl. Pe byddai ond wedi gallu dweud wrthynt ei fod yn siŵr mai celwydd noeth oedd y cyhuddiad, buasai wedi codi pwn oddi ar eu cefnau. Ond ni allai. Dim ond un peth y gallai ei wneud, sef cludo llond bocs o afalau o'r berllan i'r teulu yn Llanofal—a derbyn llond bag iddo ef a Gwawr.

XXV

Bryn berswadiodd y ddau deulu i fynd i'r parti tân gwyllt ar noson Guto Ffowc.

'Mae o'n bwysig i'r plant, 'sti,' oedd ei ddadl wrth John. ''Di o ddim yn deg 'u bod nhw'n cael cam, nach'di?'

''Se'n dda gin i tase'r NSPCC yn meddwl am hynny.' Roedd John yn grwgnach yn aml y dyddiau hyn. ''Dyn nhw ddim yn meddwl am be ma' nhw'n 'i neud i 'mhlant *i*. Mae hynny'n greulondeb hefyd.'

'Ia, wel. Mae o i fyny i ni i roi mymryn o hwyl i'n tri ni, yn tydi? Mae Tec isio i Gwyn ddŵad, wrth reswm, a mi fase raid i ti ne fi fynd i gadw golwg. Felly waeth i ni neud parti go iawn ohono fo. Mi fydd saith ohonon ni'n griw iawn hefo'n gilydd.'

Roedd golwg digon hwyliog ar y saith yn arllwys allan o'r ddau gar ar ymyl maes chwarae Parc y Dywysoges. Pawb mewn hetiau gwlân, Gwyn mewn coch a gwyn fel arfer, Tec yn lliwiau Wrecsam, a Marian yn gwisgo cot amryliw wedi'i gwau gan nain Sir Fôn. Roedd yna ias barrug yn yr awyr. Rhoddodd Beryl ei braich drwy fraich John.

'Fydd hyn yn hwyl, 'sti. 'Rhen blant wrth 'u bodd yn cael bod allan wedi nosi.' Ceisio cyfleu yr oedd hi fod y tywyllwch yn gochl cysurlon. Byddai'n ddigon hawdd iddyn nhw osgoi'r clytiau golau yn y parc pe baent yn gweld rhywun anghyfeillgar.

Roedd Heddwyn yn arolygu adeiladu'r goelcerth. Dim ond plant hŷn oedd yn cael dod yn agos ati.

'Dad, dw i isio mynd i weld.'

'M'm.' Craffu ar yr wynebau wnâi John, a'i draed yn sgwffio'r glaswellt. Beryl atebodd.

'Fyddi di ddim digon hen i gael gneud y tân am flwyddyn ne ddwy eto, ond wyt ti 'di helpu i neud y Guto Ffowc, yn do? Ne be wyt ti wedi'i neud hefo'r holl garpie 'ne sy 'di mynd o tŷ ni?'

Gwnaeth Bryn ei orau i godi sbort hefyd.

'W'st ti be, Mair, fedrwn i yn fy myw gael hyd i'n siwmper ore heno. Lle galle hi fod, dwed? Tec, be gest ti gin dy fam i'w roi am Guto Ffowc?'

'O, mae'n biti'i losgi o ar ôl trafferthu 'i neud o, yn tydi?' Mair oedd yn cael golwg newydd ar hen draddodiad. 'Pam 'den ni *yn* gneud hyn, 'dwch?'

'I'r plant gael hwyl, debyg. Sbia ar y ddau hogyn 'ma,' meddai Bryn. Gwyn a Tec oedd yn cyffroi fwya wrth weld y Maer yn gosod ffagl yn y goelcerth ac yn gyrru mwg a gwreichion yn ffrio clecian i'r awyr. Braidd yn gyndyn i ollwng gafael roedd Marian.

'Mami, 'dyn nhw 'di rhoi Guto Ffowc yn y tân?'

'Do, ond 'di o ddim yn ddyn go iawn, 'sti. Cogio dyn ydi o.'

'O. Pam ma' nhw di'i roi o ar y tân?'

'I'w losgi o.'

'Pam?'

'Wel. Ym. Wel, am 'i fod o'n ddyn drwg, debyg. Ond cogio ydi o i gyd, 'sti. 'Sneb yn llosgi pobol o ddifri.'

'Pam mae o'n ddyn drwg?'

''Di o ddim yn bod rŵan, 'sti. Oedd o'n byw stalwm stalwm stalwm—tua'r un amser ag Eira Wen.' Dyna roi'r braw yn saff ym myd hud a lledrith, siawns.

'Pam oedd o'n ddyn drwg?'

'Ddaru o osod bom yn Llunden.'

109

'Pam?'

'Am 'i fod o'n ddyn drwg. 'Sgin ti isio bwyd?'

'Gawn ni fynd i nôl y bwyd?' Gweld ffordd i gael mynd yn nes at y goelcerth roedd Gwyn a Tec, ond roedd Beryl a Mair yn gweld drwy'r ystryw.

'Gewch chi'r dynion ych pedwar fynd i nôl y bwyd. Rhoswn ni'r merched yn fan'ma, yn ddigon pell o'r mwg. Taten bob yr un i ni, a selsig i Marian, plîs.'

Roedd Marian yn ddigon bodlon i eistedd rhwng coesau'i mam a Mair, gan weld rhialtwch nad oedd hi erioed wedi'i weld o'r blaen. Tyrrau o bobl a phlant yn gweiddi a chwerthin, yn yfed o ganiau, ac yn pasio'n ôl o'r stondin fwyd gan lusgo cynffon o oglau saim yn eu sgil fel comed. A'r goelcerth ym mhen draw'r parc yn dal i dasgu gwreichion wrth i'r tanwydd glecian. Roedden nhw mewn lle da i weld pawb yn mynd heibio, teuluoedd o'r stad ar ochr bella'r parc yn ymddangos o wyll canol y maes ac yn anelu am yr ymyl, lle'r oedd y stondin fwyd dan y goleuadau. Roedd Mair yn adnabod sawl un, gan ei bod yn gweithio yn y dre. Hi felly sylwodd ar deulu reit swnllyd, dwy fam a thri o blant. Dau o'r plant yn rhedeg ar y blaen ac un fam yn gweiddi ar eu holau. Yr eneth fach arall yn cadw'n ufudd yn ymyl ei mam. Gwasgodd Mair fraich Beryl heb i Marian weld, a heb ddweud dim. Gallent glywed cwt o frawddeg.

'. . . â siarad hefo neb, Charmaine, na wnei?'

Diflannodd y pump i gyfeiriad y stondin. Craffodd Mair a Beryl ar eu holau gan ddisgwyl gweld John a'r lleill yn dod i'w cyfarfod. Doedd dim sôn amdanyn nhw. Tawodd y sgwrs. Daliodd Marian i edrych yn syn ar y rhialtwch; ond yn y diwedd deallodd nad oedd neb yn talu sylw iddi.

'Mami, lle ma'n selsig i?'

'O, mi ddaw yn y munud, 'sti.'

Ymhen pum munud arall y daeth llais Tec i'w clustiau. Doedd dim golwg ar yr un o'r pedwar bod dim byd o'i le.

'Lle buoch chi mor hir?'

'Aethon ni i weld lle ma' nhw'n gosod y tân gwyllt. Ddaru ni lapio'r bwyd mewn lot o bapur newydd i'w gadw fo'n gynnes. Gobeithio'i fod o'n OK.'

Poeni am ddim byd rydw i, meddyliodd Beryl.

'Os nad ydi o, gewch chi fynd i nôl llwyth arall, y cnafon. 'Den ni i gyd ar lwgu, tyden? C'mon, 'joiwch.'

'Mam, dw i isio mynd i weld rhywun am funud.' Roedd llygaid Gwyn ar hogyn yn sefyll ar ei ben ei hun dan goeden, ryw ddecllath i ffwrdd.

'Olreit. Gad y goes cyw iâr 'ne yn fan'ma—mi edrycha i ar 'i hôl hi i ti—a phaid â bod yn hir.'

A'r pryd ar ei hanner, doedd hynny ddim yn ormod o demtasiwn. Daeth Gwyn yn ei ôl toc, a mynd i eistedd nesaf at ei dad.

'Dylan isio gwbod,' sibrydodd, 'pryd 'dech chi'n dŵad yn ych ôl. 'Di'r tîm byth yn ennill rŵan, medde fo.'

Rhoddodd John ei fraich am Gwyn. A rhwng y rhyddhad, a'r bwyd, a sbloet y tân gwyllt, doedd hi ddim yn noson rhy ddrwg wedi'r cwbl. Amser gwely, teimlodd Beryl bod John wedi meddalu ryw fymryn.

'Mi fydd raid i ni fynd allan weithie, 'sti, achos mae o'n bownd o neud lles i ni, hyd yn oed os 'den ni ddim yn mwynhau pethe fel y bydden ni. Dydi troi yn yr un

111

rhigol o hyd yn da i ddim i neb. Mae'n rhaid i fywyd fynd yn 'i flaen.'

'Os wyt ti'n trio deud bod raid i mi ddysgu byw fel hyn, wn i ddim sut y medra i. Ond dw i 'di blino gormod i gwffio, heno. Wyt ti'n barod i ddŵad i fyny?'

XXVI

Fel arfer, byddai Wendy'n llawn awydd i fynd i siopa ar fore Sadwrn, ond heddiw roedd hi'n cymryd ei hamser wrth dacluso'r llofft. Wedi gwagu a golchi'r ddau flwch llwch, dechreuodd ddidoli'r sypiau o bapurau ar y silff wen y tu ôl i ben y gwely. Gwnaeth bentwr bach taclus o *She* a *Hello!*, ac aeth â chrug o *Sun* a *Daily Mirror* i'r landin yn barod i'r sbwriel. Galwodd Kevin i fyny'r grisiau arni.

'Oi! 'Den ni'n mynd i Asda heddiw ne be?'

'O, dw i isio paned cyn mynd. Dw i'm 'di deffro'n iawn eto, diolch i *ti*. Rho ddŵr yn y tecell, nei di?'

Aeth yn ôl i'r llofft. Eisteddodd ar y gwely a thanio sigarét. Cafodd wared â'r llwch yn yr ystafell 'molchi i arbed baeddu'r blwch glân. Smociodd y sigarét i'r pen a thanio un arall. Arhosodd lle'r oedd hi nes clywed cloch y drws yn canu, a gweld drwy ffenest y llofft bod y Ffordyn bach coch wrth y drws. Clywodd y lleisiau.

'S'mai? Harry dw i. Mae'n siŵr mai Kevin 'dach chi. Dw i 'di clywed lot o sôn amdanoch chi. Ga i ddŵad i fewn am funud?'

'Wel, oedden ni jest ar gychwyn i Asda.' Tynnodd Kevin ei got ledr oddi ar y bachyn wrth fynd drwy'r mymryn cyntedd. Daeth Wendy i'r golwg wrth waelod y grisiau, heb ddim golwg mynd allan arni.

'O, helô, Harry. Oedden ni jest yn mynd i gael paned. Steddwch.'

Braidd yn syn, daliodd Kevin ei afael yn ei got.

'Tra byddwch chi'ch dau'n cael sgwrs, mi bicia i allan i edrych ar yr oel a'r teiars.'

Edrychodd Wendy ar Harry, ond heb ddweud dim byd.

'Wel, a deud y gwir, o'n i 'di meddwl cael gair hefo chi.'

'Fi? Pam felly?'

'Wel, am Charmaine, yn fwy na dim.'

'O, ia? Nid fi 'di'i thad hi, i chi gael dallt.'

'Na, dw i'n gwbod hynny. Ond wn i ddim i ba raddau mae hi 'di dŵad i edrych arnach chi fel 'i thad yn ddiweddar 'ma. Faswn i'n meddwl ych bod chi'n rhywun reit bwysig yn 'i bywyd hi.'

Doedd Kevin ddim yn siŵr ai canmoliaeth ai bygythiad oedd hyn. Tawodd, felly, nes i Harry fynd ymlaen.

'Wel, 'den ni'n gwbod 'i bod hi 'di cael profiad cas, a ro'n i'n meddwl y base'n beth da i ni, ni'n tri felly, drafod dipyn bach ar yr effaith mae o'n debyg o'i gael arni hi. A sut i'w chadw hi rhag diodde mwy nag sy raid.'

'O, dw i'n gadel pethe felly i Wendy. 'Mo fy *scene* i, 'dach chi'n dallt be s'gin i?'

Trodd at Wendy, ond doedd hi ddim yn edrych mor serchus ag arfer. Od, meddyliodd. Oedd 'ne rwbeth rhyngddi hi a Harry? Na, mi fase fo'n gwbod yn syth tase hi'n ffansïo dyn arall o flaen 'i lygaid o. Ac eto, mi oedd 'ne gydgord o ryw fath, a fynte y tu allan iddo fo. Neu pam y base Wendy'n deud:

'Na, mae Harry'n iawn. Mae isio i ni'n tri gael sgwrs. Dw i'n poeni am Charmaine. Fi 'di'i mam hi, wedi'r cwbwl. Ella nad wyt ti ddim yn dallt. Dydi dynion ddim, fel arfer. Ond meddylia di am Charmaine. Dene dw i'n ddeud.'

Yn anfoddog, eisteddodd Kevin ar un o gadeiriau'r tridarn, ei fys yn nolen gwddw ei got ledr. Roedd y ddau arall wedi eistedd ar y soffa.

'Cofiwch, dw i'm isio dim o gobl-di-gŵc y *trick-cyclists* 'ma.'

'Dim peryg o hynny. Dw i ddim yn 'u dallt nhw fy hun.' Doedd Harry, chwarae teg, byth yn siarad uwchben pobl. 'Sôn am Charmaine ryden ni, a be sy 'di digwydd iddi hi.' Ond er dod â'i sgiliau gorau i'r fei, ychydig o ymateb a gâi gan Kevin. Wendy oedd yn cynnal y sgwrs.

'Mae'r peth yma 'di cael effaith ofnadwy arni. Wrth gwrs, 'den ni'n gwbod mai dene sy i'w ddisgwyl ar ôl *abuse*, yntê? Mae hi fel tase hi wedi mynd i'w chragen, a bob tro mae rhywun yn trio siarad hefo hi mae hi'n crio a rhedeg i ffwrdd. Mae'r peth yn rhy boenus iddi sôn amdano fo. Ac mae'n rhaid i mi ddeud, oedd hi'n lot gwaeth ar ôl i ti fod yma y tro dwaetha, Kev.'

'Ar ôl i *mi* fod yma? Be nes *i* iddi, 'te?'

'Ddeudes i wrthat ti am fod yn ofalus yn y parc, yn do?'

'*So?* Blydi hel, oedd hi'n iawn, 'joio'i hun!'

Edrychodd Wendy ar Harry, ac nid yn ofer.

'Drychwch, Kevin, mae raid i mi fod yn hollol onest hefo chi. Fedra i byth neud fy ngwaith heb fod yn onest hefo pawb. Ddaru Wendy sylwi bod Charmaine yn fwy . . . wel yn fwy yn 'i chragen, ar ôl bod yn y parc hefo

114

chi y dydd Sul hwnnw. 'Den ni 'di clywed ych bod chi wedi'i chario hi o'r parc ar ych cefn, a 'den ni'n meddwl tybed oes 'ne gysylltiad rhwng y ddau beth?'

'Be ddiawl 'di hyn?'

''Sdim isio cynhyrfu. Trio helpu Charmaine yden ni. Dydach chi ddim yn gwadu ych bod chi wedi'i chario hi i dŷ Tracey?'

'Nach'dw i. Pam dylwn i? Hi ofynnodd am reid. Oedd hi wrth 'i bodd!'

Neb yn ateb.

'Oedd, mi oedd hi! Gofynnwch i Tracey! Oedd hi'n giglo a ddim isio i mi'i rhoi hi i lawr!'

Fflatiodd Harry ei lais. 'Nid dene'r argraff dw i 'di'i chael, a deud y gwir. Cofiwch, dw i ddim yn deud ych bod chi wedi'i cham-drin hi.'

'Well i chi beidio trio, mêt!'

'Ond, mae'n bosib, yn tydi, bod jest cael reid gynnoch chi 'di dŵad â'r profiad yn ôl iddi? 'Dach chi'm yn meddwl?'

'Nach'dw, achos doedd 'ne ddim blydi sein o hynny. Dw i'n deud wrthoch chi, oedd hi'n joio'i hun yn grêt!'

'A, wel, wyddoch chi, be 'den ni'n wbod am blant wedi cael 'u cam-drin ydi nad ydyn nhw ddim yn dangos y boen yn syth. O achos y teip o brofiad ydi o, ma' nhw'n methu dŵad â fo i'r wyneb, ac oni bai am famau sensitif a gofalus fel Wendy, fasen ni ddim yn gwbod am hanner yr achosion sy'n digwydd.'

'Dw i 'di cael digon. Ddeudes i na 'di hyn mo fy *scene* i, reit?'

'Olreit, adwn ni o yn fan'ne. Mae 'na un peth arall liciwn i 'i drafod.'

'Be rŵan eto?'

'Dw i'n dallt ych bod chi 'di llogi fideos i'r plant eu gwylio yn nhŷ Tracey y nos Sadwrn honno.'

'*So?*'

''Dach chi'n cofio be oedden nhw?'

'Nach'dw i. *Pingu*, *Lion King*, rwbeth fel'ne. Pam?'

'Oedd 'ne un o'r enw *Bobby-soxers*?'

'Falle. Pam?'

Daeth Wendy'n ôl i'r sgwrs. 'Jest nad oedd Tracey ddim yn meddwl 'i bod hi *really* yn neis iawn. Ddim a chysidro be mae Charmaine wedi bod trwyddo fo. Mae raid i ni weld y peth drwy lygid plentyn, yn rhaid, Harry?'

'Kevin, peidiwch cam-ddallt, rŵan. Dw i ddim yn deud bod hon yn fideo-nasti.'

'O! jest be 'dach chi *yn* 'i ddeud, 'lly?'

'O'n i'n gobeithio basen ni'n dod i ryw gytundeb ar be sy'n dda er lles Charmaine tra mae hi'n mynd drwy'r amser anodd 'ma.'

'Stwffiwch ych cytundeb! Os na fel'ne mae'i dallt hi, 'sgynna i ddim isio dim byd i'w neud hefo'r eneth byth eto, dallt? Dw i'n mynd â'r car i'r garej, ac os bydd *o* yma pan ddo i'n ôl,' meddai wrth Wendy gan bwyntio bys at Harry, 'dw i'm yn aros, reit?'

Doedd Harry ddim yno pan ddaeth Kevin yn ôl. Roedd Wendy wedi gwisgo'i hanorac, ac yn sefyll dan lun y ferch â'r llygaid almon, yn smocio'n fyfyrgar. Blydi merched! meddyliodd Kevin. Pwy sy'n 'u dallt nhw?

'Rŵan, wyt ti'n mynd i ddeud wrtha i jest be ddiawl sy'n mynd ymlaen yma?'

''Sdim byd yn mynd ymlaen.'

'A pam ti 'di bod yn deud pethe amdana i wrth y sinach 'ne, 'te?'

'Dw i ddim yn deud pethe. Poeni am Charmaine dw i. Oedd hi ddim yn iawn ar ôl i ti fod yma y tro o'r blaen.'

'Ddaru ti ddim meddwl w'rach bod arni hiraeth ar f'ôl i?'

'Na. Dwyt ti ddim yn dallt. 'Mond pobol sy'n gwbod rwbeth am *child abuse* sy'n dallt pethe fel hyn.'

'O! Wyt ti'n *expert*, wyt ti? Pam na faset ti'n deud y pethe 'ma wrtha i neithiwr, yn lle mynd dan din at y blydi *Welfare*?'

'Oedd gynnat ti rwbeth arall ar dy feddwl neithiwr, os dwi'n cofio'n iawn.'

Aeth meddwl Kevin yn ôl at y caru y noson cynt. Oedd pethe wedi mynd cystal ag arfer? Allai o ddim cofio dim byd anarferol.

'Dwi ddim yn dy ddallt di.'

A doedd o ddim. Yn y nos, fo oedd piau hi, hi a'i hud. Doedd hi ddim yn dal yn ôl. Y pleser yn grêt, ffantastig. Ond ar fore llwyd o Dachwedd fel hyn, y gwallt melyn wedi'i glymu mewn cynffon merlen, doedd hi ddim mor sbesial â hynny, wedi cwbl. Sylwodd am y tro cyntaf fod ei cheg yn fechan a mursennaidd, a'i llygaid yn hunanfoddhaus. Ac roedd y tŷ 'ma'n ei fygu. Roedd hi wrthi'n diffodd ei sigarét, ac yn codi'i bag siopa.

''Sdim amser i siarad rŵan. Mae'n bryd nôl Charmaine o'r Clwb. Elli di fynd heibio'r siop fideo, a phigo Charmaine i fyny, a mi a' i i Asda, a mi wela i di yno, OK.?'

'Nach'di, 'di o ddim yn OK. Ar ôl be ti 'di ddeud, gei di nôl dy ferch dy hun, a'i blydi fideos hi. Dw i'n mynd. *Thanks for the memory, baby!*'

O fewn hanner awr, roedd Kevin yn rhuo ar hyd yr A55 i'r dwyrain.

XXVII

'Ti'n 'y ngharu i?' Roedd hi'n hen jôc.

'Mymryn.'

'Faint?'

''Mond mymryn.'

'Modfedd?'

'Naci. Chwarter modfedd.'

'Faint o filimedre?'

'Un.'

'Ddim yn deg. Mae 'ne fwy nag un milimedr mewn chwarter modfedd.' Trodd John ei ben ar y gobennydd i glosio at Beryl. Rhoddodd ei fys ar flaen ei thrwyn. 'Deud y gwir, wn i'm pam wyt ti'n 'y ngharu i o gwbwl. Wyt ti'n angel, ti'n gwbod hynny?'

'Hefo cylch aur am 'y mhen? Dw i'm yn mynd i godi i'w rwbio fo'n sglein, i ti gael dallt. Mae'n fore dydd Sul.' Edrychodd Beryl o gwmpas y llofft, y dodrefn oedd yn anrhegion priodas, wedi eu dewis i fod yn addas i'r hen ffermdy a fyddai'n gartref eu breuddwydion ryw dro. Y gwely pres a'i gwilt clytiau, y gadair dapestri a'r gist dderw. Llofft braf i ddeffro ynddi, ac i groesawu'r golau'n dolennu rownd ymylon y llenni damasg. Roedd yna gysur yn y pethau hyn, hyd yn oed rŵan. Roedden nhw'n awgrymu rhyw waelod solat i bethau. Gallai fforddio herian mymryn. 'Os dw i'n angel, be wyt ti, 'te? Merthyr?'

'Ia, mae'n teimlo felly.' Trodd John yn ôl ar ei gefn, i edrych ar y nenfwd. 'Be dw i 'di'i neud i haeddu hyn? Affliw o ddim. A dw i 'di difetha dy fywyd di, a'r plant!'

'Mi ddown ni drwyddi, 'sti.'

'Wyt ti'n deud hynne o'r dechre; ond 'den ni ddim uwch na baw sawdl, nach'den?'

'Mae'n anodd codi dani, yn tydi. Y system, 'lly. Rwyt ti 'di cael dy drin mor wael, does arnat ti ddim byd i'r system erbyn hyn. Allet ti godi dau fys ar bawb, a chael jobyn arall.'

Cododd gwrychyn John.

'Dw i 'di gwylltio'n gaclwm hefo pawb sy 'di cynnig dim byd fel'ne. Fedra i ddim gwylltio efo ti, y wits fach. Ti'n rhy ddel. Rhaid i mi drio deud wrthat ti. Sut medra i? Sut medra i roi i fyny? Derbyn anwiredd, anghyfiawnder? Gystal â chyfadde bod y baw 'ma'n wir? Sut *ddiawl* medra i?'

'Be 'di'r dewis? Gwranda! Paid â haffio arna i. Be wyt ti'n 'i neud rŵan ydi cnocio dy ben yn erbyn y wal. 'Di o'n gneud dim daioni i ti. Elli di ddal ati am flynyddoedd, 'sti. Mae arna i ofn—cym bwyll rŵan—y bydd raid i'r farn gyhoeddus newid cyn y cei di neb i dy gredu di. Ac mi gymrith hynny flynyddoedd, degawde.'

'Ond taswn i'n ennill, mi faswn i'n gneud rhwbeth at hynny'n baswn?'

''Ne fo, yli. O'n i'n deud mai merthyr wyt ti.'

'Faswn i'n licio teimlo 'mod i ar ryw grwsâd aruchel. Ond ddim fel'ne mae pethe. Dw i ddim yn mynd i unlle. Y gwir ydi, does 'ne 'mond un peth o 'mlaen i, a fedra i mo'i dderbyn o. *Fedra i ddim, wna i ddim, dydi o ddim yn iawn!*'

A doedd dim pwrpas mewn dadlau mwyach.

XXVIII

'Mae gynna i *hawl* i fynd, yn does? Fy mab i ydi o.'

'Siŵr iawn mae gynnat ti hawl. Feiddie neb dy stopio di, a tasen nhw'n trio mi fase Heddwyn yn 'u sortio nhw allan yn syth. Awn ni'n dau, ia? Mi ofynna i i Mam ddŵad i warchod.'

Ond yn y diwedd, methodd John â magu plwc, a Beryl aeth ar ei phen ei hun i noson rieni Ysgol Penrhiw. Aeth ychydig yn hwyr, rhag ofn iddi orfod sefyllian o gwmpas. Synnodd, fel pob tro y deuai, mor wahanol oedd awyrgylch ysgol gynradd i un ysgol gyfun fel yr un lle'r oedd hi'n dysgu. Stafelloedd y Babanod yn edrych fel ysgol feithrin, a lluniau naïf plant bach yn addurno'r waliau. Amryw o anifeiliaid anwes i'w gweld hefyd, cwningod a moch cwta, a'r tanc mawr o bysgod aur yn y cyntedd. Ac yno y daeth ar draws Heddwyn.

'O, dw i'n falch dy fod ti 'di dŵad. Dy hun wyt ti?'

'Ia. Oedd John 'di meddwl dŵad, ond, wel, fi ddoth.'

'Gobeithio'i fod o'n gwbod bod croeso iddo fo? Gwranda, wedi i ti fod yn y dosbarth, ddoi di i gael gair? Siawns y bydda i'n glir ymhen rhyw awr.'

Yr un syniad oedd gan Delyth, athrawes Gwyn.

'Faswn i'n falch o gael dipyn o sgwrs. Fasech chi'n meindio aros i mi weld y ddwy nesa 'ma? Fydda i ddim yn hir hefo nhw. Mae 'ne waith mae Gwyn wedi'i neud ar y wal yn y gornel acw, os basech chi'n licio cael golwg arno fo.'

Prosiect ar Draffig a Diogelwch oedd gwaith Gwyn, darlun o'r dref, a'r croesffyrdd a'r croesfannau'n sefyll allan yn amlwg, a cheir a bysiau'n britho'r ffyrdd. Dechreuodd Beryl gyfri faint o'r ceir oedd â lamp las ar y to. Ddaeth neb o'r rhieni eraill ati i siarad, ond cafodd nòd frysiog gan fam yr efeilliaid wrth i honno ildio'i lle wrth fwrdd bach Delyth. Roedd Beryl yn hanner balch nad oedd John ddim wedi dod.

''Sdim raid i mi ddeud wrthoch chi bod Gwyn yn hogyn digon galluog. Dw i'n siŵr y bydd o'n iawn yn y diwedd.'

Dyna ddweud y cyfan. Doedd dim modd herio wyneb ffeind Delyth, y llygaid brown meddal, y gofid caredig.

'Ydi o'n cael trafferth, 'te?'

'Mae o'n cadw i fyny, peidiwch â meddwl hynny. Mae o gystal â chanol y dosbarth. Dim ond wrth gymharu'i waith o 'leni hefo gwaith y llynedd y gellwch chi weld bod 'ne ddirywiad. Drychwch ar y marcie. Rhifyddeg yn enwedig. Mi fydde fo'n cael marcie uchel, ond rŵan dydi o ddim ond tua'r canol. Mae o'n dal i fod yn dda am ddarllen, cofiwch, a dw i'n siŵr fod hynny'n mynd i fod yn help mawr iddo fo. A does dim brys. Mae 'ne ddwy flynedd eto cyn y byddwn ni'n dechrau asesu ar gyfer yr ysgol gyfun.'

'Ond mi fydd yn anodd iddo fo adennill 'i dir?'

'O, faswn i ddim yn deud hynny. 'Dech chi'n gwbod fel mae plant, ma' nhw'n gallu'n synnu ni o hyd!'

'Be ddylen ni'i neud?'

'Fy hun, dw i ddim yn meddwl y bydde gwaith ychwanegol yn 'i helpu o. Fase'n well peidio rhoi 'chwaneg o bwyse arno fo. Fasech chi'n licio cael gair hefo Mr Parry?'

A daeth Heddwyn i chwilio amdani cyn pen yr awr. Wrth gyd-gerdded ag ef wrth fynd tua'i swyddfa, teimlodd Beryl ei hun yn sythu ei chefn fymryn mwy nag arfer, ac yn rhoi ambell sbonc i'w gwallt. Doedd hi ddim am i'r rhieni eraill ei gweld yn cywilyddio. Efallai bod hynny fymryn yn haws am ei bod hi yn ei dillad gwaith, sgert laes a siaced frethyn, tra bod amryw o'r lleill yn fwy ffwrdd-â-hi mewn legins o liwiau'r enfys. Hefyd roedd hi wedi arfer teimlo'n gartrefol yn yr ysgol fel gwraig un o'r staff. Doedd hi ddim wedi colli'r hawl hwnnw eto.

Ymlaciodd wedi cyrraedd y swyddfa. Rhwng Heddwyn a hithau doedd dim byd ond consýrn ffrind. Eisteddodd y ddau wrth y silff lyfrau.

'Gest ti sgwrs efo Delyth, do? 'Di hi ddim yn teimlo bod Gwyn yn rhoi'i ore yn 'i waith y dyddie yma. 'Snai ddim isio dy boeni di—dw i'n gwbod bod pethe'n drybeilig o anodd i chi fel teulu—ond ar y llaw arall 'sgin i ddim isio anghofio Gwyn.'

''Di o ddim mewn trwbwl, gobeithio?'

'O, nach'di. Dim byd mawr, beth bynnag. Anodd 'i drin, braidd, a chael pwl o dymer ambell waith, w'st ti, ond mi fedrwn ni ddŵad i ben â hynny. Na. 'I waith o 'di'r broblem. Ddim yn tynnu'i bwyse. Fase hi ddim yn deg i mi beidio deud wrthat ti. Dw i'n reit falch mai ti sy wedi dŵad, a deud y gwir. Mi fase'n fwy anodd deud wrth John. Sut mae o, gyda llaw?'

'Weithie bob sut. Ond mae'r amser yn llusgo'n ofnadwy. Wn i ddim faint hirach y meder o ddal.'

Edrychodd Heddwyn arni rhag ofn ei bod hi am ddweud rhagor. Doedd ganddo yntau ddim i'w gynnig. Ni allai weld diwedd ar yr ymchwiliad chwaith. Trodd Beryl yn ei chadair.

'Be fedrwn ni'i neud?'

'Meddwl o'n i, tybed fedret ti drafod pethe hefo John? Edrych ar y peth o safbwynt y teulu cyfan?'

'Un peth sy ar feddwl John. Clirio'i enw a dŵad yn ôl i'w waith. Mae o'n iawn, wrth gwrs. Mi fasen ni i gyd yn iawn wedyn.'

'Dene be 'den ni i gyd isio. Siŵr iawn. Ond Beryl bach, wyt ti 'di meddwl am y posibilrwydd na chawn ni byth ddyfarniad clir yn y mater?'

'Do. Dw i 'di meddwl. Ond fedra i ddim codi'r pwnc hefo John. 'Di o ddim yn gweld pam bod raid iddo fo ildio i'r anghyfiawnder. A dw inne ddim chwaith, wrth gwrs.'

'Wel'di, Beryl. 'Sdim raid i mi ddeud wrthat ti 'mod i'n trio 'ngore glas i gael John yn 'i ôl. Ond mae raid i mi ddeud, ac mae o'n loes calon i mi, dw i ddim yn gweld gobaith am ddim newydd da 'leni, beth bynnag. Hirlwm dw i'n 'i weld o'n blaene ni.' Gadawodd iddi dderbyn y boen yn ddistaw, cyn mynd yn ei flaen. 'Dydi o mo fy ngwaith i i ddeud wrthat ti a John be i'w neud yn y diwedd. Ofn sy gen i y gallwch chi ddal allan am flwyddyn, a—wel, cael dim bodlonrwydd yn y diwedd. Ond be am Gwyn? Ydi o'n iawn i neud iddo fo ddiodde'r holl amser?'

''Sgynnoch chi rwbeth mewn golwg?'

'Meddwl o'n i, tybed fasech chi'n cysidro symud Gwyn i un o ysgolion y Fflint, ne rywle dipyn bach pellach, er mwyn iddo fo gael llechen lân? Mi fasen ni'n gneud 'yn gore i gael y lle gore posib iddo fo, wrth gwrs.'

'Ildio fase hynny, yntê? A 'sgynnon ni ddim isio iddo fo fynd o fan hyn, yn siŵr.'

'Mae hynny'n un peth. 'Sgin inne ddim isio iddo fo fynd. Ond be fase ore iddo fo? Dw i'n teimlo 'i fod o mewn limbo rŵan, ac os bydd hyn yn mynd ymlaen am flwyddyn, mi fydd o wedi colli talp o'i addysg, yn bydd? Meddylia di am y peth, a gwna fel y gweli di ore i drafod hefo John.'

Y noson honno y teimlodd Beryl y tir yn dechrau llithro o dan ei thraed.

XXIX

'Be ti'n feddwl, wedi mynd? Mynd i ble?'

'Hammersmith, am wn i. O fan'ma, beth bynnag. Wedi codi'i bac, a mynd.'

'*Cripes!* Pam, *for crissake*?'

'Gawson ni air ne ddau. Am Charmaine. Ddaru Harry a fi drio'i gael o i ddallt bod isio bod yn ofalus hefo hi ar ôl be sy 'di digwydd, a ddaru o gymryd *um*, a mynd.'

'Wel, tawn i byth! Ddaw o yn 'i ôl?'

'Be wn i? Be 'di'r ots? Os na fel'ne mae o'n teimlo, gwynt teg ar 'i ôl o. Digon o bysgod yn y môr.'

'O wel, os na fel'ne mae'i dallt hi . . .'

Petai hi wedi cael cyfle fe fyddai Tracey wedi ffansïo Kevin ei hun. Ond dyna fo. Wendy oedd yr un i gael ei dewis o hogiau erioed. Mae'n wir ei bod hi'n mynd i fwy o drafferth, yn lliwio'i gwallt ac yn ei chadw'i hun yn siapus. Ond doedd yr un berthynas yn para'n hir iawn ganddi, a doedd hi byth fel tase hi'n malio am hynny. Tad Charmaine oedd wedi bod efo hi hiraf. Roedd gan Wendy isio babi y pryd hynny, ac yn sôn am briodi pan fydde hi wedi cael ei siâp yn ôl. Ffrog wen, wrth gwrs, a'r trimins i gyd. Ond mi oedd rhywbeth wedi mynd o chwith, a mi ddiflannodd Monty pan oedd Charmaine yn dri mis oed. Ddaeth yna yr un gair oddi wrtho fo wedyn.

'A' i i nôl *Chinese* i ni'n pump 'te, ia? Mae gynnon ni ddigon o fideos, debyg.'

'Hei, tyd â photel o fodca hefyd. Gin i awydd sesh bach heno. O, a paced o ffags.'

'Dene'r plant yn saff yn 'u gwlâu. Mae Charmaine yn licio cysgu yn dy wely di, Trace. Meddwl 'i bod hi'n hogan fawr, debyg. O, dwn i'm be amdanat ti, ond dw i'n barod am joch.'

'Ia, wel, mae hi jest yn un ar ddeg, 'sti. 'Rhen blant 'di cael aros yn reit hwyr. Ond dene fo, mi gysgan yn y bore.'

Daeth Tracey â dau wydryn o'r gegin, eu taro ar y bwrdd teils, a gosod ei hun yn gyfforddus ar y croen sebra.

'Tyd i ni gael gwared â'r fideos plant 'ma. Doedden nhw'n ddoniol hefo Eira Wen? Michael yn gofyn: "Pam mae'r Prins yn rhoi sws i'r glomen? Ych-a-fi!" A Kirsty'n deud: "Sbiwch, mae'r glomen 'di troi'n binc!"'

'Ia, wel, mi ddôn i ddallt yn ddigon buan. 'Sgin ti isio fideo, ne 'rhoswn ni am y ffilm hwyr? O sbia, mae *Silence of the Lambs* ymlaen.'

''Den ni'm 'di cael parti cywennod erstalwm, naddo? Jest ti a fi?'

'Ia, wel, dene fel bydd hi, o'm rhan i. Dw i'n deud wrthat ti, Trace, dw i'm isio 'run dyn dros stepen 'y nrws i eto. Dw i 'di cael llond bol.'

'Dw i 'di clywed hynne o'r blaen hefyd.'

'Dw i'n 'i feddwl o. Be mae 'run dyn wedi'i roi i mi, rioed? Nac i'n teulu ni, o ran hynny?'

''Sgin i ddim co' am 'yn tad ni, cyn Derek a wedyn Roy.'

'Nac oes, siŵr. Oeddet ti'n rhy fach pan a'th o. 'Sgynna inne fawr o go' amdano fo yn y tŷ chwaith, erbyn meddwl. Dw i'n 'i gofio fo'n trio dŵad i'r tŷ ar ôl i Mam 'i gloi o allan. Oedd o'n gweiddi bod gynno fo isio'n gweld ni, chdi a fi. Doeddet ti'n ddim ond babi. A Mam yn cloi'r dryse a'r ffenestri.'

''Nath o ddim byd i mi rioed.'

'Sut gwyddon ni, yntê? Oeddet ti'n rhy fach i ddeud.'

'Doeddet tithe ddim yn dair, nac oeddet?'

'Ryw ddwy a hanner o'n i pan ddeudes i wrth Mam.'

'Be'n union 'nath o?'

Edrychodd Wendy yn syth at ei chwaer efo'r mymryn lleia o wên.

'Ddaru o ogles fy ff--- i.'

'Be? Yn dy wely?'

'Nace. Yn y bàth. Fo fydde'n rhoi bàth i mi bob nos, tra bydde Mam yn gneud bwyd, medde hi.'

'Ddaru ti ddychryn? Crio?'

Taniodd Wendy sigarét newydd.

'Oedd 'ne ddim trefn arna i am hir wedyn, oedd Mam yn deud. Wrth gwrs, oedd 'ne ddim lot o help i'w gael, fel sy rŵan. Mam ddeudodd wrtho fo bod raid iddo fo fynd. A mi a'th yn y diwedd. Dw i'n deud wrthat ti, Trace, ti'n well allan heb blydi dynion. Wel'di hwnne?'

'Hwnne' oedd wyneb Anthony Hopkins yn fygythiad dieflig ar y sgrin fach. Dim ond y sgrin a'r tân nwy oedd yn goleuo'r stafell. Closiodd y ddwy at ei gilydd ar y croen sebra.

'Fedri di gyrraedd y botel 'ne?'

'Un bach ola. Un *bach* ddeudes i. Bore fory ddaw.'

'Wendy?'

'Be?'

'Pwy sy'n mynd â'r plant i'r parc bore fory?'

'Ke . . . O, awn ni'n dwy, ia? 'Den ni'n siŵr o weld rhywun yno.'

XXX

'Mami, dw i mynd i fod yn angel. Efo 'denydd. A sbarcls arnyn nhw.'

Daethai Marian adre o'r ysgol feithrin yn llawn hwyl. Roedd rhagflas y Nadolig wedi dod i Lanofal, yn sgil y prynhawniau tywyll, y goleuadau'n hudolus yn y mwrllwch, a phobl mewn oed yn dechrau chwarae â phapur crych a chaniau o baent aur. Daeth Marian â llythyr yn gofyn i'w mam wneud gwisg wen iddi ar gyfer y cyngerdd. Doedd bod yn angel ddim yn fraint arbennig, gan mai dyna fyddai rhan pob un o'r genethod ar wahân i'r Forwyn Fair, ond doedd hynny'n poeni dim ar Marian.

Roedd Gwyn, ar y llaw arall, yn siomedig. Y llynedd, fo oedd Joseff yn y cyngerdd blynyddol gerbron y Llywodraethwyr a'r rhieni. Eleni, doedd o'n ddim ond bugail.

'Wel, fase ddim iws i'r un un fod yn y brif ran bob blwyddyn, na fase? Rhaid i rywun arall gael tro weithie, 'sti. Tyd i gael dy de rŵan.'

Dyma'r Nadolig yn rhuthro ar eu gwarthaf. Doedd gan Beryl ddim mymryn o awydd ei weld; ond rhwng Marian yn yr ysgol feithrin, a Gwyn ym Mhen-rhiw, a hithau yn

127

yr ysgol gyfun, doedd dim modd ei osgoi. Ni fuasai pethau mor ddrwg petai John yn cymryd tipyn bach o ddiddordeb. Wedi'r cwbl, roedd ganddo ddigon o amser ar ei ddwylo. Ond nid oedd fel petai'n gwybod pa fis oedd hi hyd yn oed. Penderfynodd Beryl bod raid iddi fynd i'r afael â phethau y noson honno, a mynnu cael rhyw synnwyr allan o John. Naw o'r gloch oedd hi pan roddodd hi ddwy gwpanaid o goffi ar y bwrdd o flaen y soffa.

'Tair wythnos sy 'na. Os 'di Gwyn yn mynd i newid ysgol ddechre'r flwyddyn, mae gofyn i ni roi gwbod i Heddwyn 'r wythnos yma.'

'Os 'di Heddwyn isio'i symud o, mi neith, debyg. 'Sneb yn mynd i wrando arna i, nac oes?'

'Oes, fel mae'n digwydd. Fi. 'Blaw hynny, chdi ydi'i dad o. Be wyt *ti*'n feddwl fase ore iddo fo?'

'Be fase ore iddo fo fase peidio bod yn fab i mi.'

'John! Fyddi di'm gwell o fod yn chwerw, 'sti.'

'Wn i'm sut fedra i beidio.'

'Dw i'n meddwl bod y syniad yn apelio ato fo.'

Turio mewn swp o loffion o'r papurau newydd roedd John. Wrth eu symud i wneud lle i'r hambwrdd coffi, gallai Beryl weld y penawdau. *Judge criticises social worker. Parents shocked by allegations. Children removed in dawn raid.*

'Be wyt ti'n mynd i neud hefo rheine i gyd?'

'Dwn i'm eto, ond 'mod i'n hel tystiolaeth.'

Collodd Beryl obaith o dynnu sylw John at broblem Gwyn. Darllenodd rai o'r papurau er mwyn dangos diddordeb, er nad oedd ganddi mo'r amser i droi ati o ddifrif i ddarllen erthyglau hir o'r *Guardian* a'r *Independent*. Ymhen rhyw ddeng munud, estynnodd fraich John amdani a swatio i'w gesail.

'W'st ti, mae'n rhaid i ni feddwl am y Dolig. Os 'den ni'n aros adre, fydd raid i ni ordro twrci. Be s'gin ti isio'i neud?'

'Dolig? Be 'di hwnnw, dwed?'

'Ia, dw i'n gwbod. Mae'n anodd meddwl amdano fo. Ond mae raid i ni feddwl am y plant, yn does?'

Doedd dim ateb i hynny.

'W'st ti, mae dy dad a dy fam wedi'n gwadd ni atyn nhw.'

Ochneidiodd John. 'Mae'r peth yn gymint o loes iddyn nhw, wn i ddim fedra i ddiodde'u gweld nhw. Mae meddwl am wynebu pawb yn y pentre ac yn y capel yn ofnadwy.'

'Chei di ddim ond cydymdeimlad, dw i'n siŵr. Wyt ti'm yn meddwl y base fo'n gneud lles i ni fynd o fan hyn? Fydd pethe'n edrych yn wahanol o'r ochr draw i'r Bont, gei di weld. Be ti'n ddeud?'

'Ia, olreit. 'Sdim ots gin i lle byddwn ni, a deud y gwir.'

Gan weld nad oedd dim mwy i'w gael ganddo heno, aeth Beryl i chwilio am gryno-ddisg yn yr uned bren a orchuddiai un wal o'r lolfa. Rhoddodd yr uchaf o'r pentwr yn y peiriant a daeth cadernid i'r ystafell wrth i Bryn Terfel fwrw i air cyntaf y gân 'Aros mae'r mynyddau mawr'. Aeth Beryl yn ôl at y soffa a thynnu John i lawr ati. Gwnaeth ei hun yn gyfforddus eto yn ei gesail. Ymdawelodd y ddau, a gadael i'r miwsig lonyddu eu meddyliau nes bod geiriau'n peidio â chorddi ynddynt, nes nad oedd dim i'w synhwyro ond teimlad, a hyd a lled a dyfnder y llais yn cwmpasu holl hiraeth dyn am ei Wynfa goll:

Nid draw ar bell-bell draeth y mae,
Nac obry 'ngwely'r perlau chwaith,
Ond mil-mil nes, a ber yw'r daith
I ddistaw byrth y byd di-wae.

Y byd di-wae. Dim ond ar ambell egwyl o lynu wrth ei gilydd y caent gip arno. Gwrandawsant ar y ddisg i'r diwedd, yn llonydd ond gan dynhau eu gafael yn ei gilydd yn awr ac yn y man. Wedi Amen y gân olaf, aeth Beryl i'r gegin gan ddweud:

'Mae gen i isio clirio mymryn at fory. Fydda i ddim deng munud. Awn ni i fyny wedyn, ia?'

O'r gegin, clywodd un trac o'r ddisg yn cael ei ailchwarae, drosodd a throsodd. Cerdd Caradog Prichard, 'Y Llyn', oedd ar y trac. Daeth y geiriau drwodd yn glir:

Sefais ar y lan yn ysig,
A gwrandewais, druan ŵr,
Fel pe'n disgwyl clywed miwsig
Yn y dail o dan y dŵr.

XXXI

Y dydd Mawrth cyntaf o'r mis oedd un o hoff ddyddiau Richard Puw. Diwrnod y Clwb Cinio. Pan gafodd ei ethol, bymtheng mlynedd yn ôl bellach, gwyddai ei fod 'wedi cyrraedd', o leiaf yn nalgylch y sir. Clwb i ddynion cyfrifol oedd hwn, dynion oedd yn cyfrannu i'r gymdeithas. Cymerid yn ganiataol fod gan bob un o'r aelodau fodd i gyfrannu, ac felly nid oedd neb tlawd yn eu plith, na neb dwl chwaith.

Gallech ddweud fod y cwmni'n anrhydedd i'r gwesty. Tua hanner dydd, byddai'r Llew Aur yn magu rhyw fath o urddas wrth i'r siwtiau brethyn tywyll luosogi yn y cyntedd. Fis Rhagfyr fel hyn, roedd yna gysur ychwanegol o fod yn glyd, yn troedio carped meddal dan olau cynnes y lampau isel. Hafan o le. Hafan a ystwythodd sawl cymod a chyfaddawd dros y blynyddoedd.

Nid bod Richard wedi meddwl llawer am hynny, gan ei fod mor gyfarwydd â'r cinio misol, ac yn ei hystyried yn ddyletswydd i fod yno. 'Na, fedra i ddim dydd Mawrth—dw i'n gorfod bod yn y Clwb.' Dim ond heddiw y meddyliodd, am ryw reswm, ei bod yn fraint iddo gael bod yno. Cymerodd ei sieri oddi ar y bwrdd mawr hynafol a chwilio am le ar gadair ledr yn y lolfa. Sylwodd fod y Cyfarwyddwr Addysg yn sgwrsio'n brysur ar soffa wrth y ffenest. Heb anelu ato, eisteddodd lle y gallai'i weld. Pan ddaeth yr alwad i ginio, gwaith hawdd wedyn oedd llywio'i lwybr fel y gallai'r ddau gyd-gerdded at y bwrdd bwyd. Llwyddodd i gadw'r sgwrs yn ddi-ddrwg, ddi-dda dros y cawl, a nes bod y llysiau wedi cael eu gweini efo'r cig. Dyma'r amser i blymio iddi, cyn i'r areithiau dorri ar draws y sgwrs.

'W'rach na ddylwn i ddim gofyn sut mae pethe yn y byd addysg?'

Trodd William Meredydd ei wyneb at Richard i ddangos ei fod yn deall ergyd y cwestiwn.

'Mae pethe'n boenus iawn. Poenus i ni yn yr Adran ac i chithe fel teulu, dw i'n siŵr.'

Cnodd y Cyfarwyddwr ei gig eidion wrth ystyried sut i ymateb ymhellach pe bai Richard Puw yn cymryd mantais ac yn gofyn rhywbeth amhriodol.

Penderfynodd hwnnw chwarae'n saff.

'Ia, poenus i bawb.'

Bu distawrwydd tra oedd y naill yn disgwyl i'r llall ddweud mwy. Yna cychwynnodd y ddau ar unwaith, ond Richard gafodd y blaen.

'H'm, ia. Mae'r hogyn yn benderfynol o glirio'i enw.'

Trodd William Meredydd ei olwg eto, ond dan ei aeliau y tro yma.

'Wel. Wel, wrth gwrs, mae'n dda gen i glywed hynny. Mae gen i bob ffydd ynddo fo. Fase'n dda gen i tase'r peth yn syml. Clirio enw, 'lly.'

'A chyn lleied o dystiolaeth yn 'i erbyn o?'

'Gair y plentyn. Fedra i ddim trafod hynny, wrth reswm; ond 'dech chi'n gweld, mae'r anhawster yn fwy sylfaenol na hynny. 'Sdim posib profi na *ddaru* dim byd ddigwydd. Fedrwch chi byth brofi rhywbeth sy ddim yn bod.'

Daeth busnes clirio'r platiau yn egwyl fendithiol. Ni chychwynnodd William Meredydd sgwrs efo'r ciniawr ar yr ochr arall iddo. Yn hytrach, edrychai fel dyn ar goll yn ei feddyliau ond yn aros, fel chwaraewr gwyddbwyll newydd symud ei ddarn. Pan oedd y darten afalau a'r hufen o'u blaenau, symudodd Richard yntau ei werinwr.

'Neges go ddigalon 'dech chi'n 'i rhoi i mi.'

'Ia, mewn ffordd. Ond faswn i'n gneud dim cymwynas â chi taswn i'n ych annog chi i baffio i'r diwedd. Gneud rafins o fywydau'r teulu am fisoedd, ac i ddim pwrpas.'

''Sgynnoch chi gyngor i mi ar sut i gynghori John?'

'Dargyfeirio. Gair mawr y dydd, Richard. Mae 'na swyddi eraill yn yr Adran Addysg heblaw sefyll o flaen dosbarth. Tase'ch mab-yng-nghyfraith yn cysidro rhoi cais am un o'r rheiny, faswn i'n meddwl y base ganddo fo siawns go dda. Ond cofiwch, dim gair oddi wrtha i. 'Dach chi a fi'n dallt 'yn gilydd, siawns. Dw i ddim ond yn deud hyn er mwyn trio arbed y gwaetha i ni i gyd. 'Dech chi'n gwbod rywbeth o hanes y siaradwr 'ma? Dyn wedi hwylio rownd y byd, dw i'n dallt?'

Wrth wrando ar y siaradwr, dyfalodd Richard beth oedd wedi gyrru dyn ifanc felly i adael ei swydd mewn banc am flwyddyn o sgarmes unig efo'r môr. A ddylai geisio perswadio John i wneud rhywbeth tebyg? Ond beth am Beryl a'r plant? A pheth arall, gallai hwn giniawa ar gorn ei brofiad am beth amser wedyn. Doedd dim llawer o siawns gan John o wneud hynny.

Ond roedd dydd Mawrth y Clwb wedi bod yn reit ddiddorol.

XXXII

Wrth barcio'i gar ar ddarn o dir gro uwchben Pentre Helygain, braidd nad oedd John yn 'difaru ei fod wedi dod. Syniad Dafydd Edwards oedd y buasai diwrnod o gerdded yn gwneud daioni iddynt ill dau, ac y gallent adael un car yn Helygain, a gyrru'r llall i Afonwen cyn cerdded yn ôl dros y mynydd. Wrth gwrs, roedd John yn amau cymhellion y gweinidog. Roedd yn amau pawb y dyddiau hyn. Pan fyddai pobl yn dawedog, byddai'n meddwl eu bod yn credu drwg amdano. Pan fydden nhw'n siaradus, byddai'n gwylltio wrthyn nhw am siarad yn wirion. Wrth geisio bod yn ffeind doedden nhw'n gwneud dim ond dangos dyfnder eu diffyg dealltwriaeth. Ond nid oedd Dafydd fel arfer yn ymadroddus, nac yn gwthio'i ofal bugeiliol ar rai y byddai'n well ganddynt wneud hebddo. Ac roedd yna ryw atyniad yn y cynllun i 'godi allan', i fynd o Lanofal am dro, fel Ioan Fedyddiwr yn dod i fyny o bwll ei garchar i smicio'i lygaid yng ngolau haul.

Er hyn i gyd, buasai John wedi newid ei feddwl a throi'n ôl oni bai i Dafydd gyrraedd yr union funud honno, yn edrych yn ddigon didaro mewn hen drowsus melfaréd.

'Ga i ddŵad hefo chdi? Mae car gweinidog yn nogio weithie, a fynte byth yn cael gorffwys y seithfed dydd. Mi eiff yr hen VW ar streic un o'r dyddie 'ma, synnwn i ddim.'

Roedd John yn ddigon balch o gael gyrru. Os oedd yn mynd i gael pregeth, ni fyddai odani gymaint y tu ôl i olwyn ei gar ei hun ag y buasai yn sedd teithiwr car y gweinidog. Ond ni chafodd yr un, wrth yrru i lawr am yr

Wyddgrug a ffordd Dinbych. Daeth Moel Famau, yn biws yn y cwmwl, i'w hwynebu wrth iddynt droi tro. Hen fryncyn, byth yn newid ei siâp ond byth yr un lliw am awr bwygilydd. Ehedodd pioden golledig ar draws bonet y car gan godi'i chynffon mewn braw. Roedd gyrr o wartheg du a gwyn yn cerdded yn hamddenol ar draws cae heb reswm yn y byd i'w weld, ond bod y naill yn dilyn y llall. Yn araf deg iawn, eisteddodd John yn ôl fymryn a llacio'i afael yn yr olwyn.

Ychydig o siarad a fu rhwng y ddau wrth iddynt gerdded yn eu holau o Afonwen. Cerddai John yn ei gwman, braidd, gan godi'i ben am funud pan dynnodd Dafydd sylw at y bwncath yn hofran yn frown ac yn llonydd uwchben. Byddai rhyw gwningen ddiniwed yn ei chael hi yn y funud, debyg. Ond wrth gerdded un filltir ar ôl y llall, daeth rhythm i'w gerddediad a llaciodd ei wyneb. Erbyn iddynt gael hyd i graig gyfleus i eistedd arni i fwyta'u brechdanau, bron nad oedd cysgod o'r hen wên i'w weld o gwmpas ei geg. Wedyn, nid oedd Dafydd yn siŵr ai gwên o ddifyrrwch ai o goegni oedd yno. Cododd dadl rhyngddynt ynghylch y llwybr cywir dros fynydd Helygain, a bu bron i Dafydd roi'i droed ynddi drwy ddweud: 'Ddigon hawdd i ti wbod dy ffordd, wedi bod â'r plant ar drip ffor'ma rywdro, debyg.' Dyna oedd yn anodd, osgoi cyffwrdd â'r briw. Osgoi bron bopeth, felly.

Roedd Dafydd wedi hen flino, ac yn falch o gyrraedd y darn o dir gro lle'r oedd yr hen VW yn eu disgwyl. Eisteddodd y tu ôl i'r llyw heb roi'r agoriad yn y clo. Eisteddodd John yr un mor llipa yn edrych i lawr ar aber y Ddyfrdwy, a'r forfa lydan ar flaen Cilgwri. Estynnai enfys isel, lydan o Dreffynnon ar y chwith i big aber y

Fersi ar y dde. Yna hwyliodd cefnen o gymylau drosti i'w chuddio, heblaw am bostyn bach a'i saith lliw yn tryloywi blociau concrid Bebbington. Edrychodd Dafydd ar ochr wyneb difynegiant John, gan betruso, ac yna mentro.

'Mae 'na fyd arall y tu draw i'r Clwydians, 'sti.'

Neidiodd John fel petai wedi'i saethu.

''Dech *chi* rioed yn mynd i ddechre?'

'Dechre be?'

'Fy hel i o'ma.'

'Nach'dw i siŵr. Pwy sy?'

'Pawb. Dene dw i'n 'i gael gan bawb. Rho i fewn. Fedri di ddim ennill. Cerdda oddi wrtho fo. Pam ddyliwn i? Pam *ddiawl* ddyliwn i? Rhedeg i ffwrdd fel taswn i 'di troseddu? Sawl gwaith sy isio i mi ddeud? Wrthoch chi, o bawb? Fi sy'n cael cam! Fi 'di'r sglyfaeth! Dw i *ddim* wedi troseddu! Mae gin i hawl i fyw yn Nyffryn Clwyd. Mae gin i hawl i fy ngwaith. A dw i ddim yn mynd i fynd dan gwmwl i . . . i fyw yn fan'cw.' Pwyntiodd at wastadedd Lloegr.

Roedd Dafydd wedi bwriadu awgrymu fod yna ffordd i'r gorllewin yn ogystal ag i'r dwyrain. Byddai yna groeso mawr i John yn ôl ar y fferm yn Sir Fôn, ac ni fyddai'n rhy anodd i Beryl gymudo nes y câi hi swydd yn nes adref. Doedd dim rhaid felly i'r plant golli'u Cymraeg. Ond ni feiddiai ddweud rhagor. Roedd John yn ystyfnig fel mul; ni fynnai ffordd ymwared. Doedd yna ddim i'w ddisgwyl, felly, ond clec. Aethant adre, pob un yn ei gar ei hun.

XXXIII

Agorodd Richard Puw ei ddrws ffrynt, a synnu gweld John yn sefyll yn y cyntedd. Roedd golwg wahanol arno hefyd. Yn lle'r dracsiwt dragwyddol, gwisgai drowsus ac anorac, ac roedd ôl crib ar ei wallt. Bron nad oedd yna gysgod o wên ar ei wefusau, a daliai'i ben yn uchel.

'Duwcs annwyl! Chdi sy 'ma? Tyd i mewn—mae'n oer yn fanna. Mae Beti wedi mynd i ryw fore coffi neu'i gilydd.'

'Am gael gair hefo chi o'n i, os oes gynnoch chi bum munud.'

'Siŵr iawn. Wrthi'n talu bilie o'n i. Maen nhw'n dŵad fel cawod at ddiwedd y flwyddyn fel hyn. Mi fydda i'n falch o gael sbel. Waeth i ti ddŵad i'r stydi ddim. Mae 'na fwy o wres yn fanno.'

Wrth roi'i draed ar garped unlliw y cyntedd eang, a phasio'r cawg mawr o frigau'r hydref ar y dresel, sgwariodd John fymryn ar ei ysgwyddau, a daeth ei wên yn fwy amlwg, er bod ei wefusau'n dal yn dynn. Arhosodd i Richard droi ei gadair swifl oddi wrth y ddesg yn y stydi er mwyn i'r ddau gael eistedd yn ymyl y gwresogydd trydan ar yr aelwyd. Doedd y gwres canolog ddim yn ddigon yn y tywydd yma.

'Dw i'n falch o dy weld di.' Symudodd Richard swp o lythyrau, gan roi cilwg ar John i geisio rhoi'i fys ar y newid anniffiniol yn agwedd yr hogyn. Nid oedd yn edrych mor ben-isel ag y buasai ers wythnosau. Yn wir, edrychai fel pe bai ganddo rywbeth ar droed, rhyw gynllun anturus neu gyfrinach flasus.

'Wyt ti rioed wedi ennill y lotyri, ac yn mynd i ysgwyd llwch Llanofal oddi ar dy draed?'

'Nach'dw. Rhwbeth gwell na hynny. Fydd dim rhaid i mi ysgwyd llwch Llanofal oddi ar 'y nhraed. Pam ddyliwn i?'

'Wel, ia, dw i'n dallt sut wyt ti'n teimlo. Ddim am gael dy hel o'ma. Ar y llaw arall, does arnat ti ddim byd i'r lle, nac oes?'

'W'rach, ond mae ar y lle fwy na cheiniog a dime i mi, a dw i'n bwriadu'i gael o hefyd.'

'O?' Roedd Richard yn dechrau teimlo'n bryderus. Beth ar y ddaear oedd yn gwneud i'r hogyn fod yn llyfu'r mêl oddi ar ei fysedd fel hyn?

'Wel, wyt ti'n mynd i ddeud wrtha i be sy gen ti mewn golwg?'

'Dene pam dw i 'di dŵad. Mi fydd gen i isio dipyn bach o help, os ca i.'

'Ti'n gwbod yn iawn—dw i 'di deud o'r dechre—unrhyw beth *fedra* i 'i neud.' Roedd y mymryn pwyslais yn ymataliad.

Gwnaeth John ei gyhoeddiad fel taflu her.

'Mae gen i achos yn erbyn Harry Lewis.'

Daliodd ei wên wrth weld Richard yn dal ei anadl.

'Be ti'n feddwl, achos? Achos be?'

'Mae o wedi ymyrryd hefo Marian.'

'Hefo *Marian*? Y nefoedd fawr, sut?'

'Mi roth 'i law yn 'i nicyrs hi.'

Aeth Richard yn dawel iawn, a gostwng ei lygaid. Pan agorodd hwy, roedd John yn dal i edrych arno efo'r wên fach enigmatig ar ei wefusau, ond roedd ei lygaid yn wyliadwrus. Ceisiodd Richard wagu pob lliw o'i lais.

'Sut gwyddost ti?'

'O'n i yno. Fi gwelodd o.'

'O! A be wnaeth Mar . . . na, well i ti ddeud y stori o'r dechre.'

Doedd hi fawr o stori pan ddaeth hi allan. Harry Lewis wedi galw yn y tŷ, newydd i John ddod â Marian adref o'r ysgol feithrin. Marian wedi rhedeg i'r tŷ bach, ac wedi tynnu'i theits trwchus. John wedi mynd i'r llofft i nôl rhai glân iddi, ac wedi dod i lawr i weld Harry'n eistedd ar y soffa yn y lolfa, a Marian yn sefyll o'i flaen yn edrych yn anfoddog. Braich chwith Harry am ganol Marian, a'i law dde am ei choes. Yn ei nicyrs, meddai John.

'A be wedyn?'

'Mi redodd Marian ata i. Oedd hi am i mi'i helpu hi hefo'r teits glân, ond wnes i ddim. Do'n i ddim am iddyn nhw gael lle i roi bachyn arall yndda i.'

'Be ddeudodd Marian?'

'Dim byd, dim ond edrych yn syn.'

'Ddaru hi ddim crio?'

'Rhincian oedd hi. Isio bisgeden. Fy nhynnu i i'r gegin. Rhywle o olwg Harry, mae'n siŵr.'

'A be ddeudodd *o*?'

'Dim byd.'

'Dim byd?'

'Naddo. Iste yn fanno ar y soffa yn edrych fel tase menyn ddim yn toddi yn 'i geg o.'

'Wel, neno'r tad annwyl! Wyt ti'n meddwl deud wrtha i na ddeudodd yr un o'r tri ohonoch chi yr un gair am y peth? Cymryd dim sylw?'

Nid atebodd John am funud. Edrychai braidd yn anghysurus.

'Wel, doedd 'na ddim byd i'w ddeud, nac oedd? Ofynnis i iddo fo fynd.'

'Roist ti ryw reswm iddo fo?'

'Naddo. Dim ond deud nad oedd pethe ddim yn gyfleus. Mi alle fo weld hynny.'

'Felly . . . felly dydi o'n gwbod dim bod . . . bod gen ti gyhuddiad yn 'i erbyn o?'

'Nach'di. Mi geiff o sioc, yn ceiff? Mi fydd 'i wyneb o'n werth 'i weld!'

'Rwyt ti'n fy synnu i, w'st ti.' Am bwysleisio annhebygolrwydd y peth oedd Richard, gan feddwl mynd ymlaen wedyn i ddweud ei fod o'n hollol anghredadwy. Ond roedd gan John ei agenda ei hun.

'Ydw, dw i'n siŵr. Mi fydd lot o bobol erill yn synnu hefyd. Y cena rhagrithiol iddo fo. Mae o fel tiwn gron yn deud "Lles y plant sy'n bwysig" o hyd ac o hyd. Mi geiff o weld rŵan be 'di diodde, a phawb yn deud nad ydi ddim ots amdano fo, y plant sy'n bwysig. Ha, ha!'

'John bach, mae hyn yn beth ofnadwy, w'st ti.' Roedd angen sobri dipyn ar John, yn ôl pob golwg. 'Be mae Beryl yn 'i ddeud?'

Edrychai John yn anghysurus.

'Wel, a deud y gwir, dw i ddim wedi deud wrthi eto. Mi oedd gen i isio gair hefo chi gynta. Isio'ch cyngor chi. Wel, wyddoch chi, sut i yrru'r peth yn 'i flaen. Am bod gynnoch chi brofiad cyfreithiol, 'lly.'

'Wyt ti ddim yn meddwl deud wrtha i na soniest ti'r un gair wrth neb, tan rŵan? A'r peth wedi digwydd pnawn ddoe?'

Roedd atal dweud ar John erbyn hyn.

'Wel, a deud y gwir, wel, alla i ddim egluro cweit, do'n i ddim yn gwbod sut i, wel, roedd gen i isio amser i feddwl.'

'Ia, ond be am Marian?'

'Dene'r peth, 'dech chi'n gweld,' atebodd. 'Doedd gen i ddim isio difwyno'r ffynnon.'

'Tystiolaeth, wyt ti'n 'i feddwl? Ond, Duw a'n gwaredo ni, dy blentyn di ydi hi, nid darn o dystiolaeth!'

'Ia, dw i'n gwbod. Dw i'n gobeithio na fydd dim isio dŵad â hi i fewn i'r peth fawr o gwbwl. Fi welodd o'n digwydd, a fi fydd yn deud.'

Mygodd Richard yr awydd i ddweud na fyddai tystiolaeth John yn werth yr un ffeuen. Heblaw hynny, roedd yn dechrau sylweddoli y byddai angen iddo newid tactegau wrth ymateb i'w fab-yng-nghyfraith. Ei drafod fel plentyn neu ddyn sâl—dyna fyddai raid ei wneud bellach.

'Mae isio meddwl am hyn yn bwyllog, w'st ti. Well i ni gael paned, dw i'n meddwl. Na, aros di yn fan'ma. Fydda i ddim dau funud.'

Rhoddodd berwi'r tecell gyfle iddo hel ei feddyliau, a daeth yn ôl efo syniad beth i'w ddweud.

'Wrth gwrs y gwna i fod yn gefn i chi fel teulu. Fy nheulu i ydech chi. Ac mae Thomas y twrne ar gael pryd bynnag 'dech chi'i isio fo. Ond dw i'n awgrymu fod isio meddwl y peth drwodd cyn dechre, wyt ti ddim yn cyd-weld? Mae achosion fel hyn yn cael effeithiau rhyfedd ambell waith.'

'Dw i ddim am adael i Harry Lewis gael 'i benrhyddid a finne'n cael y bai heb reswm.'

'Ia, dw i'n dallt hynny. Ond meddylia di be ddigwyddith i Marian os gwnei di gyhuddiad. Mi fydd 'na archwiliad meddygol. Mi fydd 'na holi. Mi all gael 'i chofrestru. Ac mi fydd 'na hen siarad. Mi fydd 'na label arni am oes: "Plentyn wedi cael ei cham-drin". Oes gen ti isio i hynny ddigwydd iddi hi? Heblaw popeth arall, oes 'na ddim peryg y bydd hi'n colli'i diniweidrwydd?'

Edrychodd John yn ddig, a thaflu'i fraich allan yn ddiamynedd.

'Smo'r help am hynny, nac oes? 'Dech chi ddim yn deud wrtha i am sgubo'r peth dan y carped? O'n i'n meddwl y basech chi . . . wel, ych wyres chi'ch hun!'

Yr olwg doredig arno, yn fwy na dim, wnaeth i Richard wneud mwy o ymdrech i geisio'i blesio.

'Wel'di, dw i am dy gefnogi di ore y galla i. Mae raid i'r teulu lynu at 'i gilydd. Ond os felly, mae raid i ni weithio hefo'n gilydd fel teulu. Sut base cynllun fel hyn? Gynta, chdi i gael sgwrs iawn hefo Beryl heno; ac wedyn, y ddau ohonoch chi i ddŵad yma ddydd Sadwrn i ni gael rhoi'n penne at 'i gilydd. Fase'r plant yn cael mynd at Mair a Bryn am y pnawn, tybed?'

Doedd John ddim yn fodlon, ond bu raid iddo dderbyn. Rhedodd y ddwy filltir am adref, gan wrthod mwynhau'r heulwen oedd yn araf doddi'r barrug ar y ffordd. Croesawodd frathiad yr oerni. Dim ond wrth redeg yr oedd yn mynd i gynhesu. Prynodd bapur newydd ac edrych drwyddo i chwilio am achosion o gam-drin plant. Gwnaeth gwpanaid o gawl i'w ginio. Roedd tawelwch Clos Derw yn annioddefol. Newidiodd i'w dracsiwt ac aeth allan i fwrw'i lid yn erbyn y gwynt.

XXXIV

Cododd Marian o'r trochion, gafael yn ochr y bàth a neidio i fyny ac i lawr nes tasgu dŵr dros bob man.

'Well i ti neidio i'r tywel 'ma cyn i ti gael annwyd, ne fyddi di ddim yn medru bod yn angel. Glywest ti rioed angel yn tisian a thagu, naddo? Os gnei di frysio, gei di drio dy ffrog wen i weld ydi hi'n ffitio.'

Roedd yr eneth yn edrych yn ddigon angylaidd heb yr adenydd a'r secwins. Biti, meddyliodd Beryl, bod ffasiynau plant wedi newid. Buasai Marian yn edrych mor ddel mewn coban wen. Ond na, pyjamas oedd popeth y dyddiau yma. Estynnodd y rhai oedd â llun Sam Tân wedi'i brintio drostyn nhw.

'Mami, dw i isio stori.'

'Ddaw Dadi i ddarllen stori i ti rŵan, ond fydd raid i ti ofyn yn neis, yn bydd? Be 'di'r gair pwysig?'

'Plîs. Mami . . . chi . . . newch *chi* ddarllen stori? Plîs?' Llais bach yn chwidlo.

'Na, dw i'n mynd i glirio ac i edrych ar ôl Gwyn rŵan. Tyd di i dy wely—lle mae'r ddoli glwt gen ti? Dene ti. Ddeuda i wrth Dadi dy fod ti'n barod. Pa stori s'gin ti isio?'

'Hugan Goch.' Llais anfoddog y tro yma. Doedd Marian ddim yn gymaint o eneth ei thad ag y byddai hi'n arfer bod.

Ond roedd John yn edrych fel pe bai mewn gwell hwyliau heno nag y bu ers wythnosau. Wedi rhoi ei lensiau i fewn, hyd yn oed. Ac wedi bwyta sbarion y plant i gyd ar ôl te. Fel petai rhyw gyffro ynddo yn gwneud iddo wneud popeth ar ras. Rhuthrodd heibio iddi ar ei ffordd i'r llofft; coflaid a chusan a sibrwd, 'dw i'n mynd i drio cael y ddau i gysgu yn go fuan heno. Mae gen i isio siarad.'

Wyddai Beryl ddim pam roedd hi'n gobeithio, ond cododd ei chalon yn ddireswm. Oedd yna rywbeth wedi dod â gobaith newydd i John? Oedd o wedi gweld Harry Lewis? Na, dydd Iau oedd diwrnod hwnnw; ond erbyn meddwl doedd neb wedi sôn ei fod wedi galw ddoe. Oedd Heddwyn wedi ffonio, tybed? Tua'r amser yma y byddai'r Llywodraethwyr yn cyfarfod, cyn diwedd y tymor.

Ac eto, os oedd gan John newydd da, peth od na fuasai wedi dweud rhyw air bach am y peth, hyd yn oed os na allai fanylu yng ngŵydd y plant. Tybed ai John ei hun oedd wedi newid, a'i fod yn dechrau ymysgwyd o'i iselder o'r diwedd? Wedi'r cwbl, does yr un teimlad yn para am byth. Mae yna ben draw i bob poen, debyg. Oedd, roedd hi'n hen bryd iddo stopio lapio ei hunandosturi fel hugan amdano. Chawsai hi ei hun erioed ei chymell i fod felly. Buasai'i thad wedi dweud wrthi am beidio â bod yn hen wlanen. Edrych y byd ym myw ei lygaid, beth bynnag roedd yn ei gynnig—dyna'r peth gorau bob amser.

Wrth gwrs roedd hi'n caru John. Wrth gwrs ni fedrai wneud dim o'i le yn ei golwg hi. Ond wedyn . . . rhaid iddi gydnabod iddi'i hun y gallasai fod wedi ymateb yn well i'r helynt. 'Styfnigrwydd mul oedd gwrthod derbyn fod y peth wedi digwydd, a chwyno'n ddi-ben-draw. Beth oedd yr iws? Na, doedd y peth ddim yn gyfiawn. Ond pwy sy'n disgwyl cyfiawnder yn y byd yma? Dim ond y naïf, a'r plant bach. Sefyll yn syth yn wyneb yr ergydion—dyna oedd bod yn aeddfed.

A byw. Cael yr arial yn y galon.

Wrth ddadlau yn ei meddwl fel hyn, cododd hiraeth ynddi am yr adeg cyn yr helynt. Sbloet nos Wener. Stopio pob gwaith am ddeg o'r gloch, cael bàth a dod i lawr yn ei gŵn gwisgo a dim odani. John yn cael cawod gan gwyno bod dŵr y bàth yn oer. Ffilm neu gomedi ar y teledu. Bagaid o gnau a photel o seidr ar y bwrdd coffi, a charu'n foethus ddiog ar y soffa.

Doedden nhw ddim wedi gwneud hynny ers wythnosau. Y peth ola cyn cysgu, a mater o arferiad, oedd eu caru nhw wedi bod, a hynny'n bur anaml. Tybed a fyddai posib codi hwyl ar John heno?

Penderfynodd roi cynnig arni. Pan ddaeth Gwyn i lawr am ei ddogn o deledu, aeth hithau i'r gegin i chwilio am ddeunydd cyfeddach. Wedyn, chwilio am gryno-ddisg addas. Rhywbeth hudol, rhamantus. Bob Dylan, ynteu Rogers a Hammerstein?

Roedd John hefyd fel petai am frysio Gwyn i'w wely, a hwnnw'n synhwyro rhyw gyffro yn ei dad a'i fam, ac yn oedi mynd. Aeth Beryl ato rhag ei gau o allan o'r asbri newydd oedd yn y gwynt.

'Wyt ti 'di sgwennu at Siôn Corn eto? Well i ti neud! Gei di sgwennu yn dy wely, os lici di, ac mi gawn ni 'i bostio fo bore fory.'

Penderfynodd Gwyn wedyn mai rhyw gyfrinach Nadolig oedd wrth wraidd yr anesmwythyd. Dechreuodd yntau ddyfalu a oedd pethau'n dechrau edrych yn well yn eu tŷ nhw. Go ddiflas oedd hi wedi bod. Cafodd sbardun i frysio i'w lofft i sgwennu cais am sgidiau pêl-droed.

Aeth Beryl i'r gegin. Daeth John ar ei hôl.

'Be wyt ti'n neud?'

'Meddwl basen ni'n cael paned tra mae Gwyn yn setlo i lawr, a wedyn . . .'

Aeth ato a chlymu ei dwylo ar ei war, ond sefyll yn bryfoclyd hyd braich oddi wrtho.

'. . . wedyn, o'n i'n meddwl y baswn i'n cael bàth.'

Rhedodd ei fysedd i lawr ei chefn.

'Ia, grêt. Ond mae gen i rywbeth i'w ddeud wrthat ti. Tyd i iste i lawr.'

Ond doedd o ddim fel petai'n gwybod sut i ddechrau.

'Wel? Oes gen ti newydd da, neu be?'

'Oes. Ond mi fydd gen i isio help. Dw i 'di rhoi gwbod i dy dad, a mae o am i ni fynd yno fory i drafod. Os gwneith Bryn a Mair gymryd y plant, felly.'

'Gwnân, debyg. Ond be 'den ni'n mynd i'w drafod?'

'Sut i weithio pethe. O'r diwedd, mae gen i rywbeth i'w daflu at yr NSPCC. Mae'r esgid ar y droed arall rŵan.'

'Be ti'n feddwl, rhywbeth i'w daflu atyn nhw?'

'Dw i wedi dal Harry Lewis yn gwneud misdimanars.'

'Pa siort o misdimanars?'

'Mi weles i o yn rhoi'i law yn nicyrs Marian ddoe.'

'*Marian? Ddoe?* Pam na faset ti 'di deud? A be *nath* o?'

Syllu'n anghrediniol wnaeth hi wrth glywed y stori. A'r siom a'r boen a'r dig yn llifo drwyddi. Roedd hi'n gallu siarad yn blaenach na'i thad.

'Wel'di, John, os ydi hyn yn wir, mae Marian yn lot pwysicach na hen chwarae dial gwirion. Ddylet ti fod wedi codi mwstwr yn syth. Be oedd ar dy *ben* di'n gneud dim byd? Dw i ddim yn credu 'i fod o'n wir. Sbia arna i! 'Di o ddim yn wir, nach'di?'

Yn gyndyn iawn yr agorodd John ei lygaid.

'Mae o cyn wired â be maen nhw wedi'i ddeud amdana i.'

'O'n i'n amau. Chwarae'n fudr. Chdi o bawb! Faswn i byth wedi credu'r peth. A gwaeth na hynny. Marian! Ei *hiwsio* hi fel'ne. Da chdi, meddylia!'

Min nos boenus gawson nhw, yn dadlau a galaru a mynd dros yr un peth ganwaith. Dan lach y cerydd gan Beryl, aeth John i bwll o gywilydd. Bob yn ail wedyn, roedd yn herfeiddiol.

'Mae'n hen bryd iddyn nhw gael dos o'u ffisig 'u hunain.'

'Dydi dau gelwydd ddim yn gwneud un gwirionedd.'

'Ond does yna 'run ffordd arall o neud iddyn nhw ddallt!'

'Beth bynnag ydi'n ffrae ni hefo "nhw", dydi o ddim byd o'i gymharu â lles Marian.'

'Dene ti'n siarad 'run fath â "nhw" rŵan.'

'Mae o'n wir 'run fath. Mi fase iwsio Marian yn anfaddeuol. Taset ti ddim dan gymaint o bwyse, mi faset ti'n gweld hynny, w'st ti. Wyt ti *yn* gweld, yn dwyt?'

Roedd Beryl mewn hunllef. Y nwyd ar drai, y siom a'r dadrithiad, y tosturi dros John ar ben ei dennyn, yr ofn ei fod ar fin torri'n rhydd o bob rheolaeth. A thrwy'r cwbl, eginyn bach o amheuaeth yn ei chalon ers wythnosau, a hwnnw'n tyfu'n ofn, bod ei chariad yn dechrau oeri. Aeth at y peiriant gwnïo i orffen ffrog Marian, gan adael John i gerdded o amgylch y stad cyn mynd i'w wely.

XXXV

Ni fedrai John wynebu pnawn yng nghartref y Puwiaid. Greddf oedd yn dweud wrtho y byddai Beti fwy yn erbyn ei gynllwyn na Richard hyd yn oed. Nid oedd wedi ei lawn argyhoeddi na ddylai wneud cwyn yn erbyn Harry Lewis, ond gallai weld na fyddai'n cael unrhyw gefnogaeth gan y teulu, ac yn wir y byddai yna beryg y byddent yn tanseilio'r dystiolaeth. Cywilydd, siom a rhwystredigaeth oedd yn ei gorddi. Teimlai y câi hafan yn nhŷ Mair a Bryn, ac roedd Gwyn yn falch o gael mynd yno i wylio *Grandstand*.

Roedd cegin ei mam yn hafan i Beryl, a digon o le yno i Marian chwarae.

'Gei di ddŵad â dy set goginio hefo chdi. Mae Nain yn siŵr o fod yn gneud mins peis. Hwyrach y cei di rolio crwst.' Oedd, roedd digon o le ym mhen pella'r bwrdd mawr i Marian gael ei bwrdd toes a'i rholiwr, heb wrando ar y sgwrs ddistaw yn y pen arall.

''Di pethe ddim yn gwella i chi acw?' Gallai Beti weld y straen ar wyneb ei merch.

'Ddim eto, Mam. Mae isio gras, fel byddan nhw'n ddweud yn y Rhos. Mae isio gras i drafod John ar hyn o bryd, rhyngthoch chi a fi.'

'Ia, ddalltes i ar dy dad bod 'na ryw sgîm go ryfedd ganddo fo ar droed.'

'Dw i'n meddwl 'mod i wedi llwyddo i roi stop arni. Ond mi ges i fraw bod John wedi cysidro'r peth am eiliad.'

'Wel, chwarae teg iddo fo. Mae o rhwng craig a lle caled, yn tydi? Mae gen y rhan fwya ohonon ni ryw wendid, w'st ti. Lwc i lawer ydi o nad ydyn nhw ddim yn cael 'u gwthio i'r eitha.' Edrychodd ar Beryl yn chwarae efo'i mins pei. ''Dech chi . . . 'dech chi'n olreit, yndech, ych dau?'

Ochenaid. ''Mond jest. Doedd neithiwr ddim yn noson dda, fel gallech chi feddwl. Mae'r peth yma fel tase fo'n rhoi cyllyll rhyngthon ni.'

'Mae o'n bownd o neud. O, dyma Taid. Wedi dŵad i weld ydi Marian yn gneud mins pei i ti, ia?'

'Ia. Clywed 'u hogle nhw o'r ardd. 'Sgin ti sws i Taid hefyd?'

Tra bu Beti'n helpu Marian i dorri'r crwst a'i daenu, eisteddodd Richard yn y gadair siglo yn ymyl Beryl. Tynnodd ei fwffler coch oddi am ei wddf, ond roedd y gwrid ar ei wyneb yn dal i gynhesu'r gegin. Buasai'n gwneud Siôn Corn perffaith. Synnodd Beryl gymaint mwynach oedd o'n mynd wrth heneiddio. Neu hwyrach mai hi oedd yn ei adnabod yn well.

'Drycha, dw i'n cymryd nad ydi John ddim am fwrw ymlaen hefo'r syniad 'na oedd ganddo fo, neu mi fase wedi dŵad yma y pnawn 'ma. Oedd gen i rywbeth i'w ddweud wrthat ti, rhag ofn y bydd o o werth. Mae gen i le i gredu y base gan John siawns go dda am waith yn y swyddfa yn yr Adran Addysg, tase fo'n gwneud cais. Mae gen i le i gredu hefyd nad ydi o ddim yn ymarferol iddo fo fynd yn 'i ôl i Ysgol Pen-rhiw, hyd yn oed tase'r gŵyn yn 'i erbyn o'n cael 'i thynnu'n ôl. A go brin y base'r un ysgol arall yn 'i gymryd o. Dw i'n gwbod nad ydi hynny ddim yn deg, ond hen le caled 'di'r byd yma. Mi wyt ti'n dallt na fedra i ddim deud chwaneg.'

Trystio'i thad i fod â'i glust ar y ddaear!

'Ia. Diolch, Dad. Ond, wel, 'dech chi'n gwbod sut mae o. Dim posib gwneud dim byd hefo fo jest rŵan.'

'H'm. Ia. Dim ond gobeithio y gwneith gwynt Sir Fôn roi rhywfaint o sens yn 'i ben o. 'Dech chi *yn* mynd, yn tydech?'

'Mae raid i ni fynd o fan'ma. Fedrwn ni ddim dal ati fel hyn, heblaw na fedrwn ni ddim diodde Dolig yma—yma yn y dre dw i'n 'i feddwl. Wn i ddim sut y medrwn ni wynebu dŵad yn 'yn holau, chwaith.'

Trodd Beti oddi wrth y popty, gan dynnu ei ffedog a chwarae cuddio Marian ynddi.

'Be am i chi droi'n ffarmwrs? Fase'r plant yn licio'r ŵyn a'r lloi bach. Mae'n bownd o neud lles i John i weld 'i rieni, a hwyrach y bydd ganddo fo awydd aros. 'Sdim byd tebyg i deulu, nac oes?'

'Nac oes, Mam.' A rhoddodd Beryl ei braich am ei mam, a'i phen ar ei hysgwydd, yn union fel y byddai hi'n gwneud ugain mlynedd ynghynt.

XXXVI

Doedd yna yr un goeden Nadolig yn y tŷ yng Nghlos Derw. Yn wir, roedd Beryl yn falch nad oedd angen iddi stryffaglio efo addurniadau eleni. Un peth oedd cynnal normalrwydd er mwyn y plant, peth arall oedd gwneud gŵyl wedi i'r peth droi'n ffars. Felly gallai ddweud yn braf wrth Gwyn:

'Mi fydd gynnon ni goeden fawr, go-iawn, yn nhŷ Taid a Nain, a wedyn ar ôl y Nadolig mi allwn ni fynd â hi i lan y môr i helpu i gadw'r twyni yn 'u lle. Ac mi fydd isio hel lot o gelyn, achos mae tŷ Taid a Nain yn reit fawr, yn tydi, a hwyrach baset ti a Dad yn hel broc o lan y môr, i ni gael 'i beintio fo'n aur a gneud addurniadau sbesial—wel, rhai gwahanol i addurniadau Woolworths felly.'

Byddai'n talu iddi, debyg, i wneud ymdrech i gynnal brwdfrydedd Gwyn. Roedd o'n fwy o help iddi na John y dyddiau yma. Doedd Gwyn ddim yn rhy awyddus i hel ei bac chwaith.

'Mam, ga i fynd i chwarae hefo Tec am dipyn bach?'

'Gei di fynd i ddeud ta-ta. Paid â bod yn hir. 'Den ni'n cychwyn toc, os 'di Dad yn barod.'

'Mae Dad wedi mynd i loncian.'

Llyncodd Beryl ei syndod. Roedd hi wedi cymryd yn ganiataol fod John yn gwneud yr un peth â hithau, sef hel pethau at ei gilydd i lwytho'r car. Doedd o erioed o'r blaen wedi mynd allan o'r tŷ heb ddweud. Sylweddolodd fod Gwyn yn edrych yn bryderus arni.

'O, ia,' meddai, gan geisio creu'r argraff ei bod newydd gofio, 'rhaid i Dad gael 'i ymarfer, yn rhaid? Mi fydd hi'n dywyll pan gyrhaeddwn ni'r Moelfre. Ia, olreit, dos di i dŷ Tec, a dwed wrth 'i fam o y do i â Marian draw toc hefyd, i ddeud ta-ta.'

Roedd tŷ Bryn a Mair yn pefrio Nadolig o bob twll a chornel, Siôn Corn mawr yn y ffenest, torch o gelyn ar y drws ffrynt, a choeden anferth yn wincio goleuadau amryliw yn y stafell wydr. Symudodd Beryl swp o barseli ar y bar brecwast yn y gegin ac eistedd ar y stôl. Rhoddodd Mair ddŵr yn y tecell.

'Mae gynnat ti amser i baned, yn does?'

'Oes, diolch. O'n i jest yn barod i gychwyn, ond mae John wedi mynd i loncian. Heb ddeud, hefyd.'

'Ydi o'n olreit?'

'Yndi a nach'di.' Doedd hi ddim am ei fradychu, hyd

151

yn oed i Mair. 'Y pwysau'n deud arno fo'n go arw, mae arna i ofn. Dal i drio bob ffordd i gael mynd yn 'i ôl i Ben-rhiw. Mae arna i ofn fod raid iddo fo dderbyn na cheith o ddim dysgu plant eto.' Difarodd ei bod wedi dweud y geiriau, am eu bod yn rhoi sylwedd i'w hofn.

'Chware teg iddo fo, mae hynny'n anodd 'i dderbyn, yn tydi?'

'Yndi. Dwi ddim yn 'i feio fo. Ond cnocio'i ben yn erbyn wal mae o. A ddaw o i ddim byd felly. Mae o wedi bod yn anlwcus, wedi cael 'i drechu, ac nid fo ydi'r cynta. Cofia, mae 'na lot o bethe annisgwyl wedi dŵad allan o'r helynt yma. Gwerth ffrindie, yn un peth. Yn beth arall, dwi'n dallt rŵan pam mae rhai pobl yn dal ati am oes i chwilio am gyfiawnder. W'st ti, wyt ti'n darllen amdanyn nhw, yn sgwennu i'r papure, ac yn cyfreithio, ac yn codi deisebe, a dim gobaith y bydd neb yn gwrando arnyn nhw, ac mae rhywun yn meddwl: i be? Waeth iddyn nhw adel llonydd 'run dim. Chwilio am degwch. Chwilio am y greal sanctaidd. Ond o leia rŵan dwi'n 'u dallt nhw.'

'Ti'n mynd i'w berswadio fo i neud rhywbeth arall felly?'

'Fase'n dda gen i taswn i'n medru. Mae pawb yn trio, ond gwylltio mae o bob cynnig. 'Sgen i ddim ond gobeithio y bydd o'n gweld pethe'n wahanol yn Sir Fôn. Mi fase'i dad yn reit falch o gael rhoi'r ffarm i fyny, ac mi fydde'r plant yn iawn yn yr ysgol leol. Unwaith y bydd John yn gweld nad ydi pawb yno ddim yn siarad amdano fo ddydd a nos, hwyrach y daw o dros 'i baranoia. Wel, gorau po gynta i ni gychwyn. Does yna ddim byd i'n cadw ni i loetran yn Llanofal. Oni bai amdanat ti a Bryn, mae'r lle 'ma'n ddiffaith. Dwi jest â meddwl y gwna i orffen llwytho'r car, a gyrru Gwyn i chwilio am 'i dad. Mae'n siŵr mai i lawr Rhodfa'r Arglwyddes mae o wedi mynd.'

XXXVII

Doedd John ddim wedi meddwl mynd i loncian y diwrnod hwnnw. Yn wir, doedd o ddim wedi meddwl am fynd i Sir Fôn chwaith, dim ond am fynd o Lanofal. Byddai'n dda ganddo adael y gwegi Siôn Cornaidd a throi'r car tua'r gorllewin ar yr A55, ond doedd o ddim wedi dychmygu pen draw y siwrnai. Pan ddechreuodd Beryl sôn am fynd â sbarion yr oergell efo hi at ei mam-yng-nghyfraith y dechreuodd feddwl o ddifri sut i wynebu ei rieni, a'u cefnogaeth afreal. Byddai ei fam yn ymgroesi rhag pobl a wnâi gyhuddiadau anllad fel pe baent yn ddynion bach gwyrdd wedi dod o'r gofod. A byddai ei dad yn ceisio cuddio'i dristwch, ac yn methu dweud dim ond 'Dwn i'm wir, mae pethe 'di mynd . . .'

Gohirio cychwyn. Dengid am awr. Roedd y loncian wedi mynd yn gyffur. Bob dydd, edrychai ymlaen at y funud y llifai'r blinder drwy ei gorff fel anaesthetig, ac at y sbonc a ddeuai yn ei sgil. Ond roedd y sbonc yn mynd yn fyrrach ei hoedl o hyd, a'r ymdrech i'w chael yn mynd yn galetach. Ac yn y diwedd, daeth i ymdrechu er mwyn yr ymdrech, fel carcharor yn curo'n orffwyll ar ddrws ei gell.

Trodd heb yn wybod i Rodfa'r Arglwyddes. Rhedodd ar hyd y gwrymiau glaswellt i osgoi'r llaid llithrig hyd ochrau'r trac. Gorfu iddo fynd i'r clawdd i osgoi pwll o

153

ddŵr mwdlyd, a baglodd yn y mieri. Gafaelodd mewn hen foncyff i'w arbed ei hun, a theimlo'r eiddew fel croen neidr dan ei ddwylo. Chwysodd yn y tynerwch llaith. Roedd yna wacter o'i gwmpas, heb ddail ar y coed nac aderyn yn symud, dim ond sŵn yr afon yn bownsio'n chwyddedig dros y cerrig. Daeth at bwll bach arall o laid a sblasiodd drwyddo heb sylwi ar y gwlybaniaeth. O'r diwedd daeth at y bompren.

Am funud, edrychodd i fyny'r afon i weld y dŵr brown yn trochi'n ewyn llwyd. Gwrandawodd nes i'r hisian prysur lenwi'i feddwl. Yna trodd at y canllaw arall. Roedd y llifogydd wedi gwneud i'r afon ymledu'n llyn, a'i wyneb yn llonydd dan frigau oer yr helyg. Wedi iddo droi ei gefn ar yr afon uwch y bont, daeth yn llai ymwybodol o'i sŵn, a daeth rhythm tynerach i'w glyw. Syllodd i lawr at y llyn, gan glywed islais yn geirio 'am hir hedd y dyfnder clir', ac yna'n dirwyn y gair 'dŵr' i ddistawrwydd. Dechreuodd ddyfalu sut brofiad fyddai hollti llyfnder y dŵr, treiddio i'r dyfnder, ac wyneb y llyn yn cau ar ei ôl. Distewi'r sŵn. Hedd, perffaith hedd. Plygodd dros y canllaw. Ymlonyddodd i wrando ar y gwawn o lais.

Yn araf deg, daeth i synhwyro fod yna sŵn arall yn dod o'i ôl, ond ni fynnai ei glywed. Daeth i deimlo hefyd fod yna symud wrth lan yr afon, ond nid oedd am adael i hwnnw chwalu ei lonyddwch. Gwrthododd sylwi fod y sŵn wedi newid pan laniodd y traed ar bren y bont. Dim ond wedi i Gwyn weiddi 'Da-ad!' a phlycio'i lawes y trodd John i edrych arno'n syn.

'Mae Mam yn disgwyl yn y car.'

'I be?'

'I fynd i Sir Fôn. Gawn ni ginio yn y caffi coch? O, dowch o'ne, Dad!'

'Ia, olreit.' Saib. 'Ia, waeth i mi hynny, am wn i.'

'Rasia i chi i'r ffordd, Dad.'